塔のない街

大野露井

河出書房新社

塔のない街　目次

イラストレーション　柳 智之
ブックデザイン　鈴木成一デザイン室

塔のない街

劇場

「ロンドンに雨が降るなんて言ったのはどこのどいつだ?」

賃貸契約書に署名を終えた大家が薄気味悪く笑ったとき、僕も昨日までの朝立や夕立を忘れていた。十二軒まわってようやく探し当てた、どうにか腰を落ちつけられそうな物件を借りるというその日、雨は忽然《こつぜん》とやんで、空気はすでに乾いていた。

僕が署名する番になった。一枚目から八枚目にイニシャルを刻み、執拗に痕跡を残す。最後の一枚には姓名を略さずに書けるだけの欄があるが、あくまで本人がペンを走らせることに意義があるので、ひらがなだろうと、カタカナだろうと、漢字だろうと英字だろうと記号だろうと、いっそ引っ搔き傷でもかまわない。

汽車の登場によって世界は縮小されたと言ったのはプルーストだったか、それならロンドンは紙屑のようにくちゃくちゃに丸まっていることになる。圧縮空気で郵便をやりとりするための気送管と、その気送管に形状が似ているという安直な理由でチューブという渾《あだ》名《な》を与えられた鉄道網を地下という地下に張りめぐらせたとき、世界はまだ十九世紀だった。東京も二十世紀には立派な紙屑になったから、一万キロ離れた二つの島のあいだを移動するのに、いまは半日もあれば足りる。

もちろん、そんな面倒なことをしたければの話だ。「新鮮な空気」という概念を愛してやまないイギリス人とは対照的に外気を畏怖したプルーストは、明るい灰色のコートをひらりと翻らせて汽車に飛び乗りさえすればすぐにロンドンへ着いたのに、ベッドの上で手帳に果てしもなく紙を継いで九十九折《つづら》りになった白い迷宮をよたよたと彷徨《さまよ》うことを選んだ。自分もそうするほうがよっぽど性に合うとわかっていたのに、僕はこうして契約書のページごとにしつこくイニシャルを書き入れてこの街の住人になろうとしている。書面は整然として滑らかで、紙屑となった世界の産物とも思えない。

それほどに、ロンドンを訪れるなど凡庸なことなのだ。出発前から、少なくとも三人の同級生がこの街にいることを僕は知っていた。だから部屋を見つけるまでの十日間にそのうちの一人とばったり再会したとしても、広辞苑の例文よろしく「ゆくりなくも」などという枕詞で奇縁を強調する必要はない。ここはもうオックスフォード英語辞典の領土だ。

僕よりもはるかに能動的で、要するにこだわりのない彼と相見《あいまみ》えたのは、部屋探しに絶望しかけていた六日目のことだった。僕とほとんど同時に、飛行機を単位とすればわずか一便の差で、彼もこの土地に到着していた。ここだけの話、チューブの駅の階段で「おーい」と呼びかけられたとき、僕は聞えないふりをして、あるいはそれを自分以外の誰かに向けられた声として受け止め、足を速めて階段を下りたのだ。相手の顔の造作がどうにか判断できる距離でいきなり「おーい」と呼ばわった音量は決して小さくなかった。街中でそんな大声を張り上げる人間はどこかおかしいのだろうし、それがひょっとすると自分の同級生かもしれないという直感が追いついてきたときには、なおさら逃げ出したくなっていた。「気づかなかった」という僕の見えすいた挨拶を受けても彼が白けた表情をしなかったのは、懐が深いからというより機嫌がよかったのだろう。彼はすでに新居に荷をほどいていて、旅の疲れも抜けた様子だった。割高な宿代がかさんでみるみる手元不如意《ふにょい》に陥りつつあり、疲労のほうは反対にしこたま殖《ふ》やしていた僕は、貴重な半日を潰して彼の部屋へ遊びにゆくという提案を、むしろよろこんで呑んだのだ。

ヴィクトリア&アルバート博物館からも、僕の宿からもそう遠くないアールズ・コートの彼の部屋は、ひそかに期待していたとおりの兎小屋だった。不動産屋が「スタジオ」と呼ぶ貧乏学生も尻を向けるような一間きりの部屋には、辛《かろ》うじてベッドが一つあり、そのマットレスを焦がさずには卵も焼けないほどの間隔で、粗末な台所が備えつけられている。浴室が共同なのは言うまでもない。九十年前まで貴婦人がお茶を啜りながらアルマ＝タデマの絵を眺めて、そろそろべつなのに替えようかしら、と悩んでいたサロンが、いまでは六つの兎小屋に仕切られて、それぞれに一人か二人の人間が寝起きしている。ほとんどは外国人だ。いつだったか「日本人は兎小屋に住んでいる」と評したうちの一人がこんな間取を思いついたのかもしれない。それとも奴隷船で荒稼ぎした実業家の末裔だろうか。いくら便利な立地でも、僕だったらこんな惨めな部屋に週百八十ポンドも払う気にはなれない。ところが友人は一向にかまわないらしいのだ。ちょうどヴィクトリア期にこの街へ漂いついた南米あたりの若者が、おなじようにごった返した場末のフラットで平然としていたように。

それからさらに四日が経って僕がついに移り住んだ部屋は、それまで泊まっていた二軒のホテル（部屋などすぐに見つかるものと思って一週間しか宿を確保していなかったので、僕は追い出され、べつのホテルへ引っ越さなければならなかった）よりも広々とした二間と、独立した台所と浴室のある自分だけの空間で、週二百十ポンドだった。月払いなので計算式にあてはめると実際にはもうすこし高くつくし、光熱費もこちら持ちだったが、街の中心から遠くもなく、旅行者はまずよりつかない小ぎれいな駅のそばの、金持とそうでない移民とがそれぞれ暮らしている区画のちょうど境目にあるその部屋に、僕は満足顔で収まった。窓の外でいつも子供たちが遊んでいる公営団地の一室だから、よほどの専門家でもなければ、建物の外観からイギリス建築の特徴を引き出すことは困難だろう。部屋のなかにいるこちらとしては、そんなことはどうでもよかった。イギリス建築が見たければ出かければいい。もっと見たければ地下鉄に乗ればいい。そもそもイギリスを、ロンドンを見たいのかと問われても、答えに窮してしまう。少なくとも、パリよりはロンドンに住むほうが好ましいかもしれない。ロンドンにはエッフェル塔がないからだ。寝ても覚めてもあんな塔が視界の隅にそびえていたら、きっとどうにかなってしまう。なるべくエッフェル塔を見ないようにするには、なるほどモーパッサンがしたように毎日そのなかで食事をするというのも一つの方法だけれど、それなら、いっそ塔のない街に暮すほうがよっぽど合理的ではないだろうか。

「ずいぶん広いな。かなり貯め込んでたな？」

頼みもしないのに「お返し」に遊びにきた友人は、外階段を上がったところにある僕の部屋だけに繋がる扉を入るなり、そんな失礼なことを言った。

「週にいくらだ？」

「二百十」

そこに加わるもろもろの費用に思い当たらなかったらしい彼は、週に五日発行の不動産情報紙で耳寄りな物件を見つけたときのように、ほんのすこし眉をつり上げた。僕は敢《あ》えて正確な数字をあげて夢をこわすような真似はしないことにした。

玄関から居間へ、それから寝室を見せたあと、ロンドンに来てから愛飲するようになった冷たいジャスミン茶を供すると、彼は煙草に火をつけて、毎日何をしているのかと尋ねた。

「そうだね――」

考えをまとめるふりをしながら、僕は物件を探しているとき、いくつも禁煙の部屋に出くわしたことをふりかえっていた。ただでさえ割に合わない兎小屋に禁煙という駄目押しまでするなんて、奴隷船よりも理不尽だ。少なくとも奴隷船には絶望して乗る。新しい部屋には希望のひとつやふたつ、抱くものだろう。それに比べると、ここの大家は親切だった。曖昧でもあった。問い合わせると、電話口で驚かれた。広告を出してはみたものの、まさかすぐに借り手がつくとは思いもしなかったというのである（金には困っていないということなのだろうが、これは昨今のロンドンの不動産回転率を考えると、まったくもって不自然な態度だ）。だから前の住人であるポーランド人の男女が首が回らなくなって夜逃げしてから着手したという改装はまだ途中で、浴室の壁の一部は剝がれ、窓一つと居間の電灯の一つが故障していた。すぐに業者をよこすという約束のうち履行されたのは台所の窓だけで、壁は剝がれたままだし、居間の電灯はまったくずぶの素人である僕が実に二百回も椅子に昇り降りして、物置に転がっていたがらくたでなんとか点《つ》くようにしたのだ（それでも灯りはたまに消えた）。外階段を上がりきるとせっかくのアーチにも枯れた蔦の残骸がうらさびしく引っ掛かっていて、さすがにみっともないと片づけるつもりで、まだそのままになっていた。そんな僕にはまだ図書館や博物館へ通ったり、翻訳の口を探したりする余裕はなかった。

「いや、まだ何もしていない」

「そうか」

彼はつまらなそうに答えた。

「君は？」

「映画を何本か観たよ」

「そう」

「大きな劇場ばかりだから、どうしてもくだらない映画ばかりね。おまけにイギリス映画は一本も入っていない」

「じゃあ、君もまだ何もしていないようなもんだ」

僕もすっかりつまらなそうに話していた。だがそこで思い出したのだ。

「それはそうと、映画といえば僕もこないだ……」

映画のような世界に生きたいと思っている僕は劇場が好きではなかった。映画だけがあればいいのに、劇場には人間もいるからだ。映画通とか日曜評論家のような部類の人間には、劇場の居心地のよさとか、冒険の予感に包まれる非日常性とかを語りたがる傾向があるけれど、自宅にひとつお気に入りの椅子を据えて、電気を消せば同じことではないだろうか。それに映画そのものがすでに観客を別世界へと拉致する転送装置であることは、僕の新発見というよりも常識に近いはずだ。赤の他人に囲まれて、むやみに柔らかい椅子に深々と沈み込むことが、装置の働きを潤滑にするとも思えない。

たっぷりと埃を吸いこんだ赤絨毯《じゆうたん》が、暗くなってからは黄色く光っている。経年劣化に波打つびろうどの椅子の上で、早くも数人がくらげのように舟を漕いでいる。震動が伝わってくる。震動が大きくなる。骨格の歪んだ男が貧乏ゆすりを始めて、一列の全員をまきぞえにしているのだ。他者に支配された揺らぎは、ただただ心地悪い。おかげで意識はすこしずつスクリーンを離れて、客席へ辷《すべ》ってゆく。僕は現実世界に転送されてしまいそうだ。銀幕の色彩は作り手たちの夢みた方向を逸れ、苦痛の背景になる。音楽は美声を失い、蜂の羽音になる。字幕だけが辛うじて読み取れる。

Rustle, rustle...

活字はいつものように僕を繋ぎとめてくれる。たまにどうしても無声映画が観たくなる理由もそれだろうと僕は踏んでいる。ロンドンの劇場では字幕を翻訳してくれるひともいないので、自分でつけてみることにする。

カサカサ……

僕は落葉を想起して一瞬だけ幸福になる。欧州の秋の公園。オノマトペに満ちた昼下がり。ときおり風が whiz ――ひゅうと通り抜けるが、寒々しいというよりは冷涼で、透き通った小川の murmur ――さらさらした流れに、着水した鴨の splash ――ぱしゃぱしゃが茶々を入れ、花々に鼻を近づければ whiff ――ふわっと香る。そんな賑やかな字幕に囲まれていたら愉快に違いないし、翻訳も添えれば活字は倍になるからますます楽しい。何より一見して字幕とわかるあの字体にも目がないのだ。

ところがカサカサの正体は落葉などではなかった。斜め前の猫背の男が、飴玉を舐めようとしている。こんなときにかぎって指先がおぼつかず、いつまでも包みが開かない。ガサガサ、ゴソゴソ、パリパリ、バリバリ、日本語でなら書き分けようもあろうに、オノマトペが未発達の言語では状況を聴き分けることさえできない。いったいどういう根性で、名詞や形容詞をそのまま擬声語にするような手抜きをして開き直っているのだろうか。めずらしく努力して純粋な擬声語を追究するとbow-wowのような惜しいわんわんになってしまうし（どう聴いてみたって、犬はbow-wowよりわんわんと鳴いている）、こけこっこーがcock-a-doodle-dooなのはよく見ると冒頭に「雄鶏《コック》」が入っていていんちきだ（おんどりどぅーどるどぅー、と鳴く鶏がいるならお目にかかってみたい）。突き詰めれば突き詰めるほどがさつな言語で、がさつな言語を使うのはこれまたがさつな人たちなのではないかという疑問も鎌首をもたげてくる。

実際のところ、めったやたらに紳士淑女の国と連呼するのはそれだけ紳士も淑女も稀少だからで、この一月のあいだというもの、何かにつけてがさつな人たちをずいぶん見た。たとえば、英国といえばこれもめったやたらにパブ文化なるものが爛熟《らんじゅく》していることを強調したがるけれど、たしかに酒好きが多いうえに、たいして酒に強いわけでもないのである。パブの裏路地の溝のまえにはたいてい先の尖った鉄柵が立ててある。近づけなければ立ち小便がしづらいだろうという前提なのだが、もちろん離れたところから撥《は》ね散らかしながら放尿することに抵抗がない輩《やから》にはまったく抑止力にならない。たまたま胃が張って胸がむかついているようなときにそこを通りかかった奴が、その光景にとどめを打たれて嘔吐したものがさらに降りかかっていたりもする。路地裏の男根《コック》の不始末は横目に見るだけにしてさっさと通り過ぎるにかぎる。

一方、劇場にいいところがあるとすれば、銀幕の明滅にまぎれてどれほど観客を凝視してもかまわないところだ。視線を感じたところで上映中にふりかえってまで確かめるのは勇気が要るし、気のせいだったらこちらがおかしなひとになってしまう。だから僕は安心して凝視する。斜め後ろから見る人間は正面から見るよりも魅力的で、思わず惹かれてしまうこともある。すでに街で見かけたようにさえ思う。濃い金髪を無造作にまとめたあのひとは、パディントン駅の反対側のホームに立っていて、ちっとも電車が来ないのでにらめっこの形になり、何度も目が合うのですこし笑い交わしたひとではないか？　それに前方の若い三人連れは、先週の一気に冷え込んだ夜、学校公認のパーティのあとで友達とさらに一杯飲んだものと見えて、賑やかにはしゃいでいた子たちではないだろうか？　左端の、すこし耳の尖った子が、バスで背もたれを挟んで座っていた前の子にちょっかいを出そうとして、身を乗り出した拍子にそのまま背もたれに乗っかってしまい、進めば落ちるし戻っても転がりそうなので、網にかかった魚よろしく身動きがとれなくなり、大笑いしてもがくうちに格子縞のスカートがすっかり持ち上がり、黒いタイツから白いレースを透かせていた。脚をばたばたするうちにとうとう靴まで脱げてしまったのである。

「さあどうぞ、シンデレラ」

片膝をついてその靴を差し出したのは初老にさしかかった紳士……といえば聞えはいいが、こちらは酒飲みとしての年季が違うから娘に輪をかけてにやついた赤ら顔で、本音では靴に鼻面を突っ込んで匂いをかぎたいと思っている様子だった。だから人間の顔などあまり正面から見ないほうがいいのだが、娘も親父もそれぞれの友達も楽しそうにしていて、僕はもし自分がその親父のしたことをしたら娘はおなじように笑ってくれるだろうかと思っている事実から目を背けられなかった。

僕が引っ込み思案だとか出不精だとか繊細だとか臆病だとかいうことはひとまず措《お》いて、おなじ島国とはいえ我思う故に我ありの存在論を奉ずる人々の群《むれ》にせっかく仲間入りをしたのだから、もうすこし本能に正直に生きてもよいのかもしれない。何しろ昨日も寒くなってきたので英国人がケトル《やかん》と呼んで昔の日本人にとっての火鉢くらい愛着を持っているらしい電気ポットをすこしでも安く買おうと出かけた帰り道、僕の三歩先を南米から移り住んできたらしい犀《さい》のような臀部《でんぶ》の姐《ねえ》さんが堂々と闊歩するのを、通りすがりのロリー《トラック》の運転台に目白押しに座った三人の労務者が、honk honk《パッパー》と景気よく警笛を鳴らして称《たた》えるような街なのだ。それどころか称えられもしないのに脱いでしまう場合もあって、暦の関係かむやみに繰り出す人間の多かったある土曜の深夜、くんずほぐれつじゃれ合う乱痴気騒ぎの集団と同じタイミングで地下鉄を降りると、酔いが足にまわったのか改札の辺りですっかり置いてけぼりの豊満なお嬢さん、「待ってよ！」と交互に片身を突き出して駆けたとたんに突っかかり、巻きスカートが瞬時に消し飛んだ。下着など端《はな》から穿《は》いていない。その巨岩にも見える肉塊を眼福とは思わなかったが、内側に住めそうだなと感心はした。少なくともこれまでの二十年余り、赤の他人の尻が街の真中で丸出しになっているのを見たことはなかったが、ロンドンではたったの一月で拝めるのだ。一月に一度ということは一年に十回は期待できるということで、それはもう日常茶飯事を意味する。

するとこの街の物価が妙に高いのは、やはり入場料の代わりなのかという気がしてくるのだ。乗り物のなかでもいろいろ起こるというので、べらぼうに運賃が高いのかもしれない。よりによって為替もひどいのだが、チューブの初乗りは換算すれば六百二十五円だ。それも導入されたばかりの集積回路のついたカードで乗車すればの話で、現金で乗ろうとするとなんと千円になる。それでも僕のようにこの土地に知人がおらず、以前からの知人とはすっかり縁を切ってしまいたいような者には、間近に人間を見られる貴重な機会なのだ。バスなどは庶民の足というくらいだからもう少しだけ安く、乗りさえすれば何かある。大通りを軽快に走っていたかと思うと、最後尾に座っていた乗客が窓を割れんばかりに叩きだし、「おい、自転車を轢《ひ》いたぞ！」と叫ぶ。折から環境によく経済だといって自転車通勤がひろまってきていたが、自転車が歩道を走ることは絶対に許されないので、もとよりぎりぎりまで縁石で区切られているとも多い狭い車道で並走せざるを得ず、必然的に事故が増えていたのである。だが運転手は拡声器越しのざらざらした声で「轢いてませんよ」と繰り返し、「轢いてねえだと？」といよいよ取り乱す乗客のほうにもとくに味方はいない。バスは個人主義の砦である。こんな演説をする人もいた。

「ああ、だからバスの入れ替えなんてよせばよかったんだ。ロンドンのバスといえばルートマスターじゃねえか。どっからでも飛び乗れて、どこへでも飛び降りられる。自由だ。行きたいところへ行くんだ。それがおまえ、バス停でしかとまらねえ？　そんなバスに何の意味がある？　こんな分厚いドアで閉じ込めやがって！　おれは降りてから家まで、十分も歩かなきゃならねえ。それで運賃は上がりっぱなしときてる。殺す気か？　降ろせ！ここで降ろせ！　いま降ろせ！」

僕の到着する半年まえに、あのこれ見よがしに英国的な、乗降口がオープン・デッキになっている真赤な二階建てバスは引退したのである。あとに残ったのはそれとよく似た、ただしずっと変哲のない滑らかな車体と、プラスチックの内装と、演説家の紳士によれば、不自由であった。

だが僕にはバスを乗り降りする前後に集中する不自由よりも、この街にいるかぎりずっと続くであろう不如意のほうが重くのしかかっていた。ちょうど僕のすぐ前列の右端にいる男、あの坊主頭の男も毎日のように通っているに違いないフィフティー・ピー・ショップ、すなわち何を買っても五十ペンスの店まで三十分歩き、取って返して最寄駅のスーパー・マーケットで日本の基準では三斤くらいの長さのある食パンを大特価十六ペンス＝四十円で購《あがな》い、映画を観るのはこれで最後にして、そうだ本は図書館で借りればいい。ところがこれだけ倹約しても、月々にお大尽《だいじん》も真っ青の家賃がきちんきちんと出てゆくことを考えると、二百万円の僕の預金はもって七ヶ月だ。するとどうしてもすこしは働かないといけないが、働くためにここへ来たわけでもない。破産者として帰るのは吝《やぶさ》かではないけれど、飛行機代が別にしてあるわけではないから、それだと帰れないかもしれないのである。

もう映画は佳境だった。大写しになっている、声のない時代の女優がとても美しかった。髯面《ひげづら》の学者や筋骨隆々とした助手たち、それに仲間のふりをしている山賊などからなる探検家の一団が、いよいよ謎めいた洞窟へと入ってゆく。松明に照らされた、疲れた顔が艶《なまめ》かしい。その奥で待ち受ける、快楽と絶望を与える女神こそが、女優の役どころだった。
――この女優も、僕の三列くらい後ろに座っていなかっただろうか？　九十五歳になって、二十歳の自分に会いたくて、闇にまぎれてスカーフを巻いて、昔の自分と目が合って、二十歳に戻ってしまった娘がいなかっただろうか？
僕も映画を撮ってみたかった。ちょうどこんな、美しいひとが、画面いっぱいにくしゃみをする。くしゃみをしながら笑ってしまう。大きな目が濃い眉の下に埋もれて、その反動で鼻はいつもよりさらにつんと上向き、めずらしく見えた八重歯から小さな唾液のしゃぼん玉が飛び、毛先が蛸の足のように四方八方へ跳ねる。ところが字幕はこうなのだ。

Perfect!

完璧！

くしゃみのオノマトペが「完璧《パーフェクト》！」なのかもしれないし、くしゃみが、女優が完璧なのかもしれない。でもそれ以上に劇中では、世界が完璧であること、人生が完璧であることが意味されるような、そんな映画が作りたかった。このシーンを活かすためにはもちろんサイレントでなければならないが、ちっとも制約であるとは思わない。往年のサイレントだって、主演女優の濁声《だみごえ》はともかくとして、音が出たらかえってつまらなくなるに決まっていて、それは音が出ないことをはっきりと呑み込んで作っているからだ。声を奪われたぶん、美しいのである。

だから僕が映画を撮ることや、いっそ演じてみることや、音楽を組み立ててみたり歌ったり踊ったり演奏したり、油絵を描いたり洋服を作ったりすることを奪われているのも、すべて、一つのことに集中するために決まっていた。僕は映画が終わるのが待ちきれなくなり、そのことがうれしかった。そう思ったとき僕は劇場に戻ってきていて、急に自分に身体があることを思い出し、重くて、くすぐったくて、僕の女優がしたようなくしゃみをどうしても抑えることができなかった。それは完璧なくしゃみではなくて、ありきたりのうるさくて汚いくしゃみだ。

Eeeee-t-chew!

ハークション！

おお、すっきりした！　と思ったのも束の間、僕の隣の空席のそのまた隣の、これまでその存在にさえ気づかずにいた男が、手をゆっくり持ち上げて、ぽってり厚い唇に指をぴったり合わせた。がさつな人々の群にも、ときおりこういう堅物《かたぶつ》がいる。

Shhhhhh…

シーッ……

友人がまた訪ねて来たとき、僕は二百四十六回目に椅子に昇って、壊れた電灯に電球を固定するにはどうしたらよいのか考えあぐねていた。点灯した電球というものは想像以上に熱いらしく、何を使ってもすぐに焦げたり熔《と》けたりして、自殺願望のある二つで一ポンド十九ペンスの電球は隙あらば飛び降りようとする。それを思いとどまらせようとする僕も椅子に昇って背伸びをしているので、もし彼に陳腐な想像力しかなかったら、僕まで自殺を試みているように見えたかもしれない。

「いやあ、すごかった」

ところが彼は興奮しきりで、僕の挙動を気にとめる様子はなかった。

「まったく妙な映画だったよ」

彼はどうやら前回の面談中に僕がふと思い出し、「映画といえば僕もこないだ、こんな広告を見たよ」と話したのを鵜《う》呑《の》みにして、ケンジントンの外縁にある小劇場へ足を運んでみたらしいのだ。それはこんな囲み広告だった。枠の黄色が目を惹いたので、その文句まで変に鮮明に覚えていた。

美しい者たちと呪われた者たちに贈る、
一篇の傑作映画！
オリオル通り五、入場三ポンド
（この広告持参の方は二ポンド）

僕の到着に合わせるかのように、ロンドンでは新聞革命とでもいうべきものが本格化していた。新聞好きのお国柄とはいえ時代の流れで売上げが激減すると、実に多くの新聞社が、やれ携帯しやすい縮刷版を出してみたり、やれ赤字覚悟で限界まで値を下げたりしたが、その努力もとうとう水泡に帰すことが明白になってきた。というのは、これを好機とばかりに新たに創刊された二紙が毎日街頭で無料配布され、しかも圧倒的な支持を得たからだ。以前から大通りの片隅や地下鉄駅の構内には、ごまんといる移民のために、彼らの故郷の話題も交えて彼らの故郷の言葉で書かれた無料新聞が積み上げられていた。しかし今回はそれよりも大規模に、ロンドナーのための英語の新聞が夕方になると街の主要な交差点に積み上げられ、それをイギリス人や移民が配り、イギリス人や移民がむさぼり読んだ。つまりロンドンでは、ついにイギリス人も移民として扱われることになったのだ。

　新しい新聞の恩恵には僕も与《あずか》った。天気予報はむろん当たらないけれど、切り裂きジャックについての面白い記事が一つあった。それから、夜になると窓から入って来て壁を横走りする、蚊のお化けみたいな不快な虫が、長引いた夏のせいで大量発生しているツルバエという種類であることもわかった（それ以来、僕はなんのためらいもなくこの無害な虫を殺すようになった）。そして、今度は映画の囲み広告が、どうやら友人の役に立ったらしい。

「どこがそんなに面白かったの？」

「いや、映画自体は、とくに面白いというわけでもないんだ。いや、待て。その、映画は、たしかに面白いんだよ。はじめから話そう。まず映画館は、たしかに面白くもなかった。なんの味わいもない、小汚い小屋だったね。壁紙は茶色だ――」

　と語り出した友人の言葉を逐一記録することは到底できない。その気になれば、彼は頭の先から尻尾《しっぽ》の先まで、映画を丸ごと一本すっかり再現できるのである。書物を丸暗記して、人類が衰退に直面したときにここぞとばかり、焚書《ふんしょ》されてしまったその一字一句を再生し、絶望する人々に光を与える……となれば空想科学として成立するが、人類が安逸《あんいつ》にあぐらをかいているときに映画をはじめからおしまいまで淡々と語るのは時間の浪費でしかない。それならおなじ時間をかけて、殺し屋がじっと銃を見つめる場面でいかにその凶器の重みや油臭さが伝わってきたかとか、薄い壁の向うで交わされるきな臭い密談を偶然に聞いてしまったときの少女の腰つきが堪《たま》らなくそそったとか、早口で捲《まく》し立てる口論の途中で主人公の親友が二度つっかえるのだが、一度目はおそらく脚本どおりで、二度目は本当につっかえたのだと思うとか、そういう話をすべきではないだろうか。それをこの友人は目に映ったものを実に公明正大、ありのままに語ってしまうので、下手をすれば暗転直後に浮かび上がる映画会社の商標の、雄々しく吼《ほ》える獅子の鬣《たてがみ》や顎の角度、それを縁取るARS GRATIA ARTIS《芸術のための芸術》句の来歴についてまで、微に入り細に入り報告しかねない。

　だから僕は、これがあくまでも僕の人生であり、彼は脇役に過ぎず、それも彼が演じているのは名脇役という評判に繫がるような大切な役柄でさえなく、いわゆるチョイ役である可能性も大いにあるという認識に立つ者の特権として、彼の報告を省略しよう。もちろん彼が、彼の人生から僕の存在を抹消したって、僕は文句など言わないつもりだ。

「——とまあ、こんな具合だった」

友人は満足そうに語り終えた。彼が雄弁家であることは素直に認めよう。僕には物語の筋書きはおろか、もっと生々しいはずの一日の出来事でさえ、淀みなく話すことができない。ちょっとした意見を述べるだけの場面でも、僕は話しながら相手の反応を見るよりも、いま自分の口から出ている言葉は自分の述べたい内容とは微妙に異なっているのではないか、というようなことばかり考えている。そのような人間としてしか存在したことがないので、僕は雄弁であることをうらやましいとも、必要だとも思わない。余計な才覚ではないか、とすら訝《いぶか》っている。雄弁家というものはときには話の筋道を通すために嘘をつかざるを得ないようだし、表面的な修辞に頼りすぎるばかりに、かえって自分が昨日まで言い続けてきたことを忘れて、平気な顔で批判にまわることもめずらしくないのだから。

友人を雄弁家と呼んですぐに雄弁家の悪口を言うのは、僕の劣等感の表れだと指摘されればそのとおりかもしれない。このあいだまで彼は僕と同様、まだこの街で何もしていなかった。いまの彼は、(しかも僕のおかげで、)すこしは価値のありそうな映画を観てきたという。

本当のところ、僕だって何もしていなかったわけではない。冷え込んだ夜にわざわざ街の北側まで出向いて、ブーガルーというパブの門をくぐった。その夜は、全員が二十年代の人物の扮装をしていなければならないという約束だったから、僕はありあわせのズボンでニッカーズを演出して、ハンチングをかぶっていた。ところがどうだろう。仮装していたのは僕を入れても五人くらいで、おまけにそのうち三人は二十年代と六十年代を混同していたのである。僕はギネスを一杯飲んで帰った。『シカゴ』から抜け出してきたような銀のドレスの燃えるような瞳と恋に落ちることを本気で期待していたわけではないにしろ、このままでは僕の滞在があっという間に終わってしまうことは目に見えていた。

「ああ、僕もなんとかしなくちゃ！」

間抜けな声で僕は言った。

「なんとかって？」

それがわかっていれば苦労はしない。大げさに嘆いて見せることで、僕にも滞英中に実現すべき遠大な計画があることを知ってほしかっただけなのだ。ところが彼は僕をじっと見て、その手には乗らないぞ、とばかりにどっしり構えている。雄弁家でもないのに、僕は続けざるを得なかった。

「そろそろ行動しなけりゃと思って出かけた店は嘘っぱちだし、ろくに面白いこともないよ。ここは世界の文化の中心なんだろう？　その恩恵に与れるのは、一部の上流のやつらだけってことなのかね。地下鉄の料金表を見ればよくわかるよ。都心に住んでいて、都心のなかを移動するだけなら交通費は一律で、割合に安くすむ。ところが、ちょっと郊外にいる人間は倍の運賃を払わなくちゃどこにも行けやしないんだ。貧しいやつはどんどん貧しくなる。金持の財産は目減りしない。教養も、機会も、なんだってそうなんだ。君は当たりくじを引いたようだけど、僕のはとんだスカだった！」

「落ち着けよ」

たしかに僕は調子に乗りすぎていた。内面の葛藤を大仰な台詞《せりふ》まわしで開陳に及ぶ、という役どころを演じてはみたものの、現実に何が起こったのかといえば、友人は参加した催しがそこそこ気に入ったのに、僕はそうではなかった、というだけのことに過ぎない。

「いいじゃないか。おまえ、日本にいづらくなっただけだろう？」

そのとおりなのだ。大学を出たのに仕事をしていないのが経済のうねりのせいではなくて正業に就くことへの抵抗の結果というのは、当人からすればしごく自然な流れであったとしても、家族から見れば病的なものかもしれず、恥ずかしいものかもしれず、また周囲から見れば哀れなもの、痛々しいものであるのかもしれない。その「しれない」が取れて確実なものになってしまうまえにと慌てて出国したのだが、こんな言い方もあまりに白々しいからもうすこしまともに向き合うなら、そもそも就職への抵抗などというのがすでに自己弁護であって、実際には、遅かれ早かれ小説などを書いて生きてゆくこともできるだろうと楽観するうちに就職する機会を逃しただけで——いや、逃したどころか、そういえばときおり教室にスーツを着た学生が集まっていたのは、あれは企業の人事の連中を迎えて会社説明を聞いていたのだと、卒業してから知ったくらいなのだ。僕は似合いもしないスーツを着た同期たち（だと思うが、口をきいたことのある奴はそのなかにいなかったようだ）が蛍光灯の下を蛾みたいに跳ね回っているのを、向かい合った建物のテラスの喫煙所からぼんやり眺めていたのだと思う。

「ずっとこっちにいればいいじゃないか、何か方法を見つけて」

それも困る。僕はいまこそ小説を書きたいと思っていたし、それは英国へ移民した僕によって英語で書かれるものではなく、日本語で書かれるものになるはずだった。仮に作品の要請によって外国語まじりになるにしても、日本語が中心になる時点で主要な読者は日本にいるものと考えるべきだろう。だいたい、英語で書いたらそれだけ競争率もあがるじゃないか。だからこれは取材旅行だ。もとより、いつまでもこんなところにいたいわけではない。

「だって――」

そこで彼に一本取られる羽目になってしまった。太くたくましい指を、厚い、ぽってりした唇に持って行き、

Shhhhh…

シーッ……

彼が帰ってから、電灯は完全に点かなくなった。

窓通信

突然のご無礼おゆるし下さい。

僕はこの国へ来てから暇で仕方がありません。もとより少なかった交際は完全に絶たれ、たまに研究の資料を集めに出かけても、帰ってからまだ残っている一日の半分を、なかなかやり過ごすことができないのです。とはいえありがたいことに、どんなに苦しくとも時間はいつか流れてくれます。さもなければ僕は夕方の五時あたりで、たっぷり一年は暮さなければならないでしょう。

せめてもの救いは、家事を自分で一手に引き受けるようになったことです。ところがそれにもすっかり慣れてしまって、ほとんどあっという間に片づけてしまいます。食事にしても、一人の食卓には凝りすぎた献立を選んでいるのに、炊事の効率は向上するばかりです。

いいえ、本当は家事などというものは、僕の生活の搾《しぼ》りかす以上のものであってはいけないのです。僕の滞在の目的は書くことなのですから。論文であれ、物語であれ、とにかくペンを動かして、インク壺を空にすることが使命であったはずなのです。ところがどうでしょう。僕は窓の外ばかり見ています。

あなたもご存じのとおり、僕の窓からはちいさな公園が見下ろせます。子供などちっとも好きではないのに、気がつくと僕は机に肘をついて外を見ています。するとすぐに騒音が咲きほこって、いままで耳に入らなかったのが信じられないほど、あつかましく窓をすり抜けます。遊具の甲高い軋《きし》み。犬の吠える声と、それよりも大きな、狂ったような飼主の命令。体は人一倍ちいさいのに、誰よりも大声で汚い言葉を使う、躾《しつけ》のなっていない少年。どれもあなたもご存じの音でしょう。

こんなに騒がしくてはなおさら子供が嫌いになりそうなものですが、そうでもないのです。というのも人は半分だけ孤独だと傲慢になるものですが、ほとんど完全に孤独だと謙虚になるものらしいのです。僕は腹を立てるわけでもなく、半ば無心に子供たちを見下ろしています。すると時折、小さな女の子のはいたカーテンのようなスカートのピンク色と、彼女の連れている犬の毛並が見事に調和しているのを発見したり、先程の躾のなっていない少年が足をもつれさせて転び、水たまりくらいの血のなかで「ちくしょう、膝の皿が割れちまった!」と叫んでいるのに出くわしたりします(この少年が涙ひとつこぼさなかったのには感心しました)。そういったわけで、僕は遅々として進まない老いぼれた時間の耳障りな足音を聞いているくらいならばと、むしろ嬉々として窓と向き合っているのです。

こんな状況では、僕があなたを見つけるのは時間の問題でした。

何曜日だったか、博物館から帰って、また自分が窓の前で呆然としているのに気づいたとき、僕は無謀にも抵抗を試みました。それと決別したからといってそのあとに何があるというわけでもないのに、ただ服従を忍んでいる自分の姿に嫌気がさしてなんとか行動しようとする、あの感情です。しかもそれは一見うまく行ったようでした！　はじめに二分ほどかけて遊具の一つから目線を浮上させると、あとはするすると、木馬にもぶらんこにも捕まることなく、公園の柵の外にまで泳ぎ出ることができたのです。

しかし、このとき己を過信したことが、自分は変われるのだと容易《たやす》く思い込んだことが、すぐに僕の足元をすくいました。向いの建物の最上階、左から二つ目の窓。そうです、最上階の左から二つ目の窓に、僕は白い部屋着を着た女性を見つけました。

はじめのうちそれはちっとも大きな意味を持たず、したがって僕にどうでもよいことをいくつか考えさせました。まずは、その窓が最上階の左から二つ目であるという認識が、僕とそこに暮していいるらしい白い部屋着の女性のあいだで共通しているということ。ふつう、たとえばその人の横にある物体に注目する場合、僕はそれが相手にとって左側にあるのか、あるいは右側なのかということを咄嗟《とっさ》に判断しなければなりません。「左、左！いや、僕の右で、君の左だよ！」という、コメディでおなじみの場面のように。けれどもそれが家の窓である場合、本人にとっても他人にとっても、その位置を指す言葉はおなじになるはずです。それは僕にとっても左から二つ目であり、あなたにとっても左から二つ目の窓なのです。僕たちは自分の暮す部屋を特別な場所として崇拝し、その内部で信じられないほど永い時を過ごすにもかかわらず、決して右手や左手を所有するようには部屋と一つにはなれないのです。——次いで僕はその窓の住人に、ほんのしばらく焦点を絞りました。彼女の着ている部屋着が、すぐには部屋着に見えなかったことを告白しておきます。裸でいると思ったのです。しかしすぐに間違いに気づくと、今度は感心しました。白い部屋着が肌に見えたということは、彼女の肌がそれだけ白くてもおかしくはない、という印象を受けたことになります。肌色のスペクトラムのなかの白ではなく、文字どおりに真白な肌が似つかわしい女性など、めったにいるものではありません。

これらの考えは、すべて一瞬のあいだに起こりました。ちょうど視界の隅に虫が飛んで入ったとき、それが虫なのか、あるいは糸くずなのかを判断するちょっぴりの時間、それだけのあいだに起こった考えなのです。だから実際このときは、彼女が僕と同世代であることはわかりませんでした。どんなに年を重ねても真白な肌がほころびない老婆もいれば、泉から生れ出たばかりの瑞々《みずみず》しさを湛《たた》えた、柔らかで儚い鍾乳石の肌を持った少女もいます。僕にはそれをその場で判断するだけの視力も才能もありません。何はともあれ、それはあなただったのです。

　あなたを見つけたとき、僕はすぐさま『アッシャー家の崩壊』や『大いなる遺産』を思い起こしました。とはいえ、それは馬鹿げてもいれば恐ろしくもあり、またみっともない妄想だったので、すぐさま溶けてなくなりました。代わりに僕はあなたの住んでいる建物を観察しはじめました。それはジョージアン風の、僕の住んでいるそれよりもぐっと歴史を感じさせるものでしたが、あくまでジョージアン風でしかないことは否めません。あの様式に特徴的な、装飾を凝らした入口などはなく、見れば見るほど、それは住居というよりも工場のようです。そして僕の住まいとの決定的な違いといえば、どこまでも連なって行く、月明りの下では万里の長城のようにすら見えるその威容《いよう》でしょう（もっともその巨大な建物が、番地の変わるたびにつぎつぎ別な色に塗り替えてあるのは微笑ましいものです）。もちろんこの街ではそれが一般的な建造物の姿なのですから、なにも大騒ぎをすることはありませんが、分譲を前提に単純な機能だけを追求した新しい建物の窓から見ると、なんだか公園の向うに異なる文明が浮かび上がっているような気になるのです。

　と、僕はここであることに気がついて愕然とし、中国の幻想は掻き消えました。どうしてあなたはカーテンを開けているのでしょう？　これまで僕の見たかぎりでは、街の人間の多くは、常にカーテンを閉めきっています。たしかに玄関から裏庭までの細長い構造を持った平均的な家には、ろくに門というものがありません。たまにあっても申し訳程度で、扉の外はすぐに道路です。部屋を探しているとき僕もそのような家に入りましたが、道行く人が自分の部屋をうろついているような嫌な気分になったのを覚えています。あれでは薄い白いカーテンを通して日光を得る以外には、なるべく視界を遮断したくなるのもうなずけます。もっとも、この部屋に腰を落ち着けてから散策に出て、さらに観察してみると、いくつか例外も見つかりました。まずは上階の、向いにおなじくらいの高さのライバルを持たない窓。これならよほど窓際に出ないかぎり目撃されることはありません。つぎは台所のように、換気が必要で、とくに見られてもさしさわりのない活動が行われる窓。これは当然と言えるでしょう。それからすこしいやらしいのは、その中身を自慢するために開け広げてある、誇り高い窓。この近所で言えば、ある家は堂々たるマホガニーの食卓の上に、これ見よがしに枝付き燭台を載せていますし、別の家では、仲よしの可愛らしい金髪の三姉妹が遊んでいる様子がよくわかるように、居間の窓をまるで覆わず、あまつさえ周囲の外壁を青いペンキで額縁のように塗ってあるのです……誘拐などされなければよいのですが。

　では、あなたは何故、最上階の左から二つ目の窓を覆い隠さないのでしょうか？　僕の部屋の窓からせいぜい十五メートル、僕の上の住人の窓からは十四メートルしか離れていないというのに？　こちらの窓にカーテンが下りているから？　しかし僕は現にこうして、ときに隙間からちらちらと、ときに思い切ってカーテンを上げて、外を見ているのです。

どうかお返事を下さい。そもそも僕がどうしてあなたにこのような犯罪まがいの手紙を書いたのか白状しておきましょう。それはあなたのおかげで、実に久しぶりに書くことができたからです。ただのタイプされた手紙と思われるかもしれませんが、これはまず紙にインクで書き、それを推敲したものを、最後にもう一度、校正しがてら、蚤の市で買ったタイプライターで打っているのです（一九三〇年代のものと見当をつけています）。手紙もこうして、何度も書くことができるのだということを、思い出すことができました。御礼申します。

犯罪者様、

お手紙、拝読しました。あなたがどうやって私の正確な住所と名前を調べあげたのか、ちょっと感服しております。

でもあなたは私をすこし甘く見ておいでです。あなたは私の窓の両側に束ねられた白いモスリンのカーテンを――あれは安物でも母から贈られたものなんですけれど――見落としていらっしゃるのじゃないかしら？　私は見られるためにカーテンをうっちゃってしまったわけではありません。それはあなたも見抜いていらっしゃるのね？　だって部屋の中身を自慢するような連中はお嫌いなんでしょう？　私もおなじ。だからこうしてお返事さしあげたのよ。それに、ご褒美というほどでもないけれど、どうして私がカーテンを使わないか教えてさしあげるわ。それは見るためよ。単純でしょう？

ついでに教えてあげるけど、見ることにかけては私のほうが先輩よ。大先輩だわ。だって私は見るためなら自分がどんなに見られたって構わないんですもの。あなたみたいにカーテンの隙間からちらちらやったり、ちょこちょこと泥棒みたいに窓を開けたりしないのよ。そう、私だってあなたのことは知ってるわ。何しろあなたが大家に連れられて部屋を下見に来たときから見てるんだもの。あの大家っていやらしそうな男ね。そういえば電灯は直って？　あなた何百回も椅子に乗ったり跳び下りたり、操り人形みたいだったわ。でもあなたの黒い髪はすてきよ。

公園で男の子が膝の皿を割ったの、私も見ていました。もしその直後に私を発見していたら、きっと私、笑っていたと思うわ。なにしろあの子ったら声が大きくて言葉が汚くて、ねえ？　おまけに毎日かくれんぼをして一から三十まで叫ぶでしょう？　頭が痛くなるわ。それにあなたが来るまえのことだけど、私あの子に見つかっちゃった。見られるのは構わないって言ったけど、子供は別よ。とくにあの子は本当にいやだわ、好色そうで。子供ってみんな嘘つきだと思わない？だって本当は自分が大人と変わらないことを知ってて、しかも勘だってとてもいいのに、子供っていう言葉があるのをいいことに弱くて無智なふりばかりするんですもの。ああ、ほんとにあのときはいい気分だったわ。すごい血だったわね！

　また鼠が出たからもう行くわ。懲らしめてやらなくちゃ。きっとお手紙ちょうだいね。切手を同封します。母がたくさん、たくさんくれたので、うちには切手と釘とスプーンはいくらでもあるのよ。

　気を悪くしたらごめんなさい、私ね、気取ってるのよ。おてんばみたいにはしゃいでるのは、あなたのことを気に入ってしまって、緊張してるからなの。言えば言うだけ空々《そらぞら》しいわね。さよなら。

あなたの共犯者より

僕の国に比べると、こちらの住所のわかりやすさは面白いほどです。建物の扉や柱に描いてある番号と、通りの両端の壁に打ちつけてあるプレートの内容さえ書けば、郵便が届くのですから。僕の国ではちいさな通りの名前は地元の人間にしか知られていないことが多い上に、ほとんどの場合その固有名詞は住所に関係がありません。番地でさえ、ある一定の法則に基づいて振られてはいますが、右も左もお構いなしです。僕の国を訪れたある外国人は、だから彼らは地図を描くのがうまいのだ、と断言しています。その真偽のほどはともかく、「この国では、初めて訪れる場所へゆくには、己自身のうちにその場所を書きはじめなければならない」という結論は、悪くないと思います。

あなたの部屋は——話を戻しましょう——僕のいつも見下ろしている通りにあるのだから楽なものです。番地は、例のジョージアン様式のふんいきをぶちこわしにしている、緑色の扉に描いてあります。これで残る問題は部屋の番号とあなたの姓名だけということになりますが、この問題の解決のために僕の用いた手段は、残念ながらあなたには不快かもしれません。というのもそれには子供が関わっているからです。

お断りしておきますが、僕も決して子供が好きなわけではありません。それは前便ですでに明らかでしょう。しかし子供のほうでもそうとはかぎりません。僕は誘拐魔のような見た目ではありませんし、子供というのは誘拐魔にさえ懐くものです（もっとも、大人もそうであることはすでに心理学で実証ずみですから、あなたの仰《おつしや》るとおり、子供も大人もないですね）。

僕が外出から帰り、一階（僕の母国語では「二階」ですが）の自室に直接つながっている階段の手すりに手をかけたとき、一人の女の子が僕を呼び止めました。

「あなたここに住んでるの？」

たぶん十歳にはなっていないでしょう。

「そうだよ」

「一人なの？」

「そうだよ」

「じゃあ男の子のする悪い遊びをする？」

こう尋ねて、彼女はさも愉快そうに笑うのです。僕はびっくりして（彼女とそう変わらぬ年頃で、自分もその遊びを覚えたことを忘れていたのです）、首を振りながら階段を登りはじめました。しかし女の子の声は執拗に追いかけて来ます。

「ねえ！　あの遊びをするの？」

さすがに根負けして、僕は笑いながら「ああ、するよ！」と答えました。

そろそろあなたに手紙を出すことを考えはじめた頃、僕は公園の脇道で少女に再会しました。切手も宛名もない手紙では見るからに怪文書だし、せめてすこしは努力の跡を示したいものだと思っていた矢先だったので、僕は手招きすると、最上階の左から二つ目の、白いモスリンのカーテンが束ねてある窓を指し、あの部屋が何号室なのか見てくるように言いました。好奇心旺盛な少女はもちろんこの探偵ごっこに大喜びで、すぐに戻って来て結果を知らせてくれました。それから僕は祈るような気持で、あの部屋に住んでいる女性が誰だか知っているかと尋ねてみました。僕の小さな情報屋が見事に期待に応えてくれたのはあなたもご存じのとおりです。少女は得意になって、見返りにいかにも子供らしい「お願い」をしたので、僕はそれをあっさり叶えてやりました。

あなたは切手と釘とスプーンに囲まれて、鼠と敵対しながら、窓から何を見ているのでしょうか？　ほかに僕のどんな暮しぶりをご存じでしょうか？　しかしいくら見者のあなたも、さすがに僕が幽霊として生活していることには気がついていないのではないかと思います。

僕の大家、あなたの仰るとおりのいやらしい大家は、なかなかへんちきな人物です。話しぶりからするに、それなりの教育を受けたには違いありませんが、たいした教養が身につかなかったことも明らかです。宝石商を名乗っていて、たしかに貴石に携わる仕事をしてはいるようですが、かなり眉唾です。僕の目の前で部下に電話をかけたことがあったのですが、こんなことを言っていました。

「それでどうなってる？　なに？　馬鹿を言うなよ！　それでどうするんだ？　手術？　よせよせ！　おれはよく知ってるんだ、手術をすればどうなるか。死ぬまで通院するはめになるぞ！」

そして電話を切ると、ご丁寧にもやりとりの文脈を教えてくれました。

「私の下で働いている女性がね、いまネックレスを作っているんですよ。今週中に二千本だけ卸《おろ》さなきゃならんのに、まだ千本しかできていない！　おまけに腰を痛めて病院へ行ったら、手術をしろと言われたと来た！　病院なんかへ行ってもろくなことはないって、あなたもわかるでしょう？」

要するに大家は一昔まえの、食扶持《くいぶち》に困っている女房連中に山積の針仕事を押しつけてこき使う親方と、何の選ぶところもないらしいのです。

そもそも壊れた電灯と剝がれた壁と、流しの水漏れ（これは最近始まりました）、この三箇所の欠陥をいつまでもほったらかしにしているという事実だけでも、彼が信用に足る人物ではないことがおわかりいただけるでしょう。そして僕がいま幽霊のような生活をしていることについても、彼にその責任の一端があるのです。

いよいよ賃貸契約書に署名するというとき、大家が何か質問はないかと言うので、僕はおそるおそる、この区の自治体税はいまいくらになっているのかと尋ねました。僕にはこの国での社会的な肩書は何もないので（旅行者というのが肩書であれば別ですが）それがいくらであれすべてを納める義務があるからです。

「ああ」

目をしばらくぎょろぎょろさせて考えていた大家はやおら口を開きました。僕はこのとき初めて、彼の頬桁《ほおげた》から首にかけて、そしてシャツの袖から露出している腕の全体に、かなりひどい傷跡があることに気がつきました。

「それなら払う必要はないですよ。あなたがここに入居したことは知らせずにおきましょう」

大家はここで話を打ち切ってしまおうとしたので、僕はすっかり取り残された気分になって、慌てて説明を求めました。彼はしばらくのあいだ、僕の好奇心に裏切りを予感したかのように黙っていましたが、やがていつもの鼻息を爆発させるような笑い方で自ら沈黙を破って、愉快そうに語りはじめました。

その内容はまたしても眉唾なものでした。大家の言葉を信じるなら、僕の入居することになる部屋は、実際にはこの二倍近い広さだということになります。それというのも、この部屋の壁の向う、そこにはもちろん隣の部屋が存在しているわけですが、その部屋はもともとこの部屋と一つだったというのです。

「この部屋にやたらと物置があるのはそうしたわけなんだよ。強引な工事で間取が狂ったんでね！」

大家はここでまたしても鼻息を爆発させました。さっきまで慇懃《いんぎん》だった態度は、いつの間にか馴れ馴れしく、それどころか高圧的にすらなって来たようです。まるで自分から秘密を打ち明けておいて、秘密を知ったからには生かしておけぬ、と脅迫する悪党のように。

僕を不安にさせるそんな口調で、大家はさらに説明を続けました。前の持主からここの権利を買い取った大家は、部屋が思いのほかに広いので、順当な家賃を設定しては高すぎて借り手がつかないし、かといって安くしては勿体ないので、無届でこの改造をやってのけたというのです。だから役所ではこの部屋と隣の部屋とを合わせて一部屋と把握しているので、大家に光熱費さえ払っておけば、この部屋が½部屋であることも、そこに旅行者である僕が棲《す》みついていることも、役所には伝わるわけがないというのです。

僕は黙って契約書に署名しました。それは悪い話ではないようでしたし、何よりせっかく契約にまでこぎつけた家探しを、また一から始める気にはなれませんでした。

しかしあとになって考えてみると（僕はいつもあとになってからでないと考えることができないのです！）、それはあまりよい話でもありませんでした。自治体税をごまかすという選択肢は知っていましたし、そのためにはたとえば贋《にせ》の学生証などを用意しておけばよいということも聞いていました。しかし大家のやり方に従ったことで、僕は社会的にまったく存在していないことになってしまったのです。僕の足取りは二軒目に泊まったホテルで途絶えることになります。存在していないということは、歯痛を診てもらうにも医者を納得させるうまい口実がいるでしょうし、住所がない以上、図書館で本を借りることすらままならないということになります。調べてみると自治体税は月に百二十ポンドでした。たしかに大きな金額には違いありませんが、そのために幽霊になるだけの価値はあるでしょうか？

僕が幽霊だとすると、この部屋は必然的に幽霊屋敷ということになります。そんな馬鹿げた考えのために、僕は自分の部屋にいてもどこか落ち着かないのです。もしも不審を抱いた役所が調査に来たら？　大家に勧められたのだと正直に言えば、たいした罪には問われないでしょう。しかしそれで済むでしょうか？　僕には大家が黙って非を認めるとは思えません。まるで弱味をにぎられているのはこちらだとでもいうように、僕は不安なのです。

そして僕とおなじように、浴室の剝がれた壁や無理やり造られた物置の向うの½部屋に住んでいるのは誰なのでしょうか？　ほんの小さな物音にも僕は飛び上がることがあります。物音のするのがちょうど物置を整理しているときでもあれば、もう大変な騒ぎです。物置の暗闇の向うに、もう一人の幽霊と、その幽霊の首につないだ鎖を手にした大家が鼻息を爆発させ、あの生々しい古傷を赤く蠢《うごめ》かせているのが見えるような気がするのです。

ふと安心できるのは、夜中に窓の外を、蹄《ひづめ》を思わせるのどかな音が、ぽこぽこ過ぎて行くようなときです。おなじ物音でも、あれはまるで性質が違います。静けさを打ち破る種類の物音ではなくて、静けさを引き立ててくれる種類の物音ですね。しかし、あれは何なのでしょうか？　僕はきっとケンタウロスだろうと思っています。

すっかり冗長な、いやな手紙になってしまいました。もうやめましょう。次はもっと楽しくしたいものです。どうか僕を励まして下さいますように！

幽霊殿、

あなたったら私以上にはしゃいでいらっしゃるようね。すこし支離滅裂なくらいよ。それに住所がないって言ったって、こうして手紙が着くんだからいいじゃない。郵便局ではどう思っているのかしらね？

手紙のやりとりなんて久しぶりだわ。最後はいつだったか、覚えてもいないくらい。郵便受けって、本当は手紙を受け取るためにあるんでしょう？　国からのつまらないお達しを受け取るためじゃないわ。それに昔は、王様からご用があるときは、役人が戸口のところまで来て直接呼び出したというじゃないの。いまの女王様が格安の郵便ですませるのは、たいした用事じゃないからだわ。だって郵便だったら、いくらでも見て見ぬふりができるもの。

あなたが私の住所を探るのに諜報員を送りこんだのは、正直気に入らないわ。男の子だったらまだいいのよ。それを女の子をよこすなんてよろしくないわ。私がサロメだったら、舞のご褒美にその子の首をお盆に載せてもらうところよ。そのためなら、通りを越えてあなたに舞を見せに行ってもいいわ。

それはともかく、私が何を見ているかだけど、それがわかったらきっと外を見るのは面白くなくなるでしょうね。もちろん、ぼんやりした輪郭みたいなものはわかっているのよ。それをもっとはっきりさせたいから、外を見ずにはいられないの。でもはっきりさせてしまうのは怖いわ。美味しいものは口に入れるまでのほうが美味しいし、花も図鑑で名前を知るまでのほうが美しいわ（そして花の名前は、実物を見るまでのほうが素敵なのよ）。だから私がいったい何のぼんやりした輪郭を見ているか、それだけ教えてあげるわね。

まずは公園よ。もちろん夜のね。昼は子供がいてだめだし、――私、夜寝ないことも多いのよ、鼠が気になるから。ほんとにあいつらったらみんなつかまえて、スプーンに釘で磔《はりつけ》にして、切手を貼ってどこかへ送ってしまいたいくらいだわ。でも切手はあなたにあげちゃったから足りないわね。

話を戻しましょう。夜の公園は、それはきれいよ。街灯のオレンジに霧が滲《にじ》んで、森が帰って来たみたいだわ。ヴァージニア・ウルフもよくそんな公園を眺めていたんですって。もっともその公園で遊んでいたのは、もっとお金持の子供たちでしょうけど。それでも私たちの公園も、とってもきれいね。たまに酔払いが騒いでいたりすると、とたんに鼠の足音が耳について、何もかもぶちこわしになってしまうけど。

それから月も見るわ。でもロンドンの月はちいさいから不公平ね。ロンドン橋の辺りからならまだいいけど。昔たった一度、長い旅行をしたとき、すごく月の大きな街がいくつもあったわ。だから私、それ以来旅行をしたことがないの。

あとは何を見るかしら？　樹を見るわ。鳩を見るわ。犬や猫も見るし、いくつかの建物のいろいろな人たちを見るわ。みんな油断して、一度はカーテンから顔を出すのよ。私それを見逃さないの。ああ、もちろん、あなたのこともね。もう浮気しちゃいけないわよ。

あなたの霊媒師より

追伸　あなたは何を研究して、何をお書きになるの？

鷗《かもめ》が鳴いています。おかしなことに僕は今日まで、この街に鷗がいることを知りませんでした。いや、いないのかもしれません。鳴声だけでは、それが僕の頭のなかの鳥である可能性も捨てきれないからです。しかしそんなことを心配して何になるでしょう？　たとえこの目で見たとしても、あの重い翼と、先の広がった葉のようなぶらぶらした足を見たとしても、それが僕の頭のなかの鳥でないとは言えないのですから。

それにしても鳥は神秘的な生きものです。彼らは文字を作ったとも言われています。僕らの文字はそれを真似たものなのです。また彼らは楽器にもなります。そして彼らはどの土地でも、実に様々な、おかしな名前をつけられているではありませんか！

より日常的な意味においても、鷗は僕にとってすこし特別なのです。僕が生れた街、それはちいさな街で、僕はそこで生れたというだけで住んでいたわけでもないのですが、それでも祖父母がいたのでしょっちゅう足を運んでいました。そこには海もあったので、鷗はいつも、いつの間にか僕の頭上に滑って来ては、みゃおみゃお、ぎゃあぎゃあ鳴いて、またくるりと海へ翼を返すのです。

だから鷗の声を聞くと、僕は生れたときの素直な感情を呼び起こされます。なのでこの機会にあなたに対しても素直にならなければなりません。

まずはあなたに小さな嘘をついていたことをお詫びします。僕の仕事は学問や書くことではありません。それらは僕の天職ではあるかもしれませんが、職業ではないのです。僕は無職です。大学へ戻れば有意義な研究をする学生にはなることができます。しかし学生に収入はありません。また学校へ戻らずに自分の好きに書いたものを発表すれば、僕は批評家とか小説家とか詩人とか、いっそ芸術家とか呼ばれるでしょう。しかし書いたものを大切にしまいこんでいるだけでは、やはり収入にはなりません。

原稿を未発表のまますべて保存している作家や、自作をすべて所蔵している画家、あるいは愛用のピアノに楽譜を隠して、鍵をかけてしまった作曲家がいても、僕はちっともおかしいとは思いませんが、たいていの人には納得が難しいようです。もちろん、納得できないという人たちに反感を抱いたりはしません。完全に正しい認識だとさえ思います。ただ、僕のような感覚もまた正しいはずなのです。そのことをわかってくれる人はあまりいません。それで僕は逃げ出しました。

学者になることや芸術家になることは必要なことでしょうか？　僕にはどうもそれがわからないのです。けれどもわからないことをわからないままに続けるのは、学問も芸術も同じです。だからきっと僕にも、自分を変えることなく、そのどちらかの職業を受け入れることができる日が来るでしょう。ところが問題はそこなのです！　この両者は職業であろうとなかろうと、すでに僕そのものです。自分をわざわざ職業として登録する必要があるでしょうか？　どんなに悲しい職業安定所でも、自分という職業は紹介されていないでしょう。自分を切り売りして生活するなんて、とんでもなく醜いことだとは思いませんか？

どうか僕がこんなことを言うのを、名を売りたいのに売れずにいる現実を呪っているのだとは考えないで下さい（なるほど、たしかに学問や芸術を職業にするには、いろいろな困難がありますが）。その証拠に、僕はまともな、安定した職に就くことをまじめに検討しているのです。それがどんなに興味の持てない、時間の無駄以外の何物でもないような仕事であっても、収入にはなりますし、つまらないけれども愛すべき人間として生きて行くことはできるのです。これなら売っているのは自分の時間だけということになりますから、非売品の部分の時間でせめて気持のよい、静かな暮しを、誰にも気兼ねせずに送ることができるでしょう。

それではもう答えは出ているではないか、とあなたは仰るかもしれません。ところが甘やかされた精神の底に沈んだ澱《おり》のような存在である僕は、たとえ半日でも、興味のない職にわざわざ意識を集中して、忙しく手を動かしながら日々を送る気にもまたなれないのです。要するに僕は、本当にやりたいことを職業にする＝義務と責任にすることも嫌なら、やりたくないことをやるのも嫌なのです！

僕に何が足りないかおわかりですか？　実は僕にはそれがはっきりとわかっています。それは愛です。もし学問や芸術に対してたしかな愛情を抱いていれば、僕はそれらを守るために別の手段で生活の糧を得ることを厭わないでしょうし、仮に学問や芸術を職業にすることになったとしても、自分を切り売りしているというつまらない自意識に縛られることはないでしょう。僕には愛が必要なのです。愛を教え、与えてくれる、僕のなかの愛を呼び覚ましてくれる何かが必要なのです。

あなたは愛をご存じですか？　僕は近頃、ちっとも窓の外を見ていません。気分が悪くて寝ていることが多いのです。
あなたは本当にいるのでしょうか？　しばらくお見かけしないので、すっかり不安になって来ました。壁の向うの½部屋の住人があなたであればよかったのにと思います。もしそうであったなら僕はこんなに怯えずに、壁越しにモールス信号でも
――ああ！　いま、あなたにもこれが聞えたでしょうか？　鷗の群！　はじめは子供が鳴いているのかと思いました。すると子供は二人になって、また猫のようになりました。そして彼方から仲間が集まって、まるで街に呪いをかけながら、人々の魂を海に連れて行こうとするように、低い声と高い声と、そのあいだを行ったり来たりするけたたましい警報の声が、僕の部屋のまわりを回っています。まさかこれも、僕の頭のなかの鳥でしょうか？　そしてあなたも？

幻想家様、
あなたみたいに絵に描いたように悩んでいる人もめずらしいわね。幻想を追い

かけすぎると、かえって現実的になるのかしら？

　体調が悪いことは、あまり心配しなくていいと思うわ。それは歳のせいよ。大学に戻るなんて仰るのだから、きっとあなたは私よりすこし年下ね。だから単純に、それは歳のせいだと断言できるわ。あなたの肉体はもう完全に成熟してしまったのよ。これからは老いて行くだけね。あなたの肉体はそれに絶望して、あなたに逆らいはじめたのよ。あなたぐらいの年齢の人は、いいえ、私よりずっと年嵩の人でもそうだけど、なかなかこの事実に気づこうとしないわ。「脂が乗ってきた」なんてわけのわからないことを言って、疲れを知らず軽快に四肢を鞭打っているわ。でも鞭で打たれるのは人間ではなくて獣よ。そして獣である彼らは、窓の外の景色を一度も見ることなく死んで行くんだわ。

　もちろん私もしょっちゅう横になっているのよ。そんなときは母の眼鏡をかけてみるの。かけたほうがよく見えるってことは、私も目が悪いのね。でも眼鏡はおもしろいわ。陽が当たると端っこのほうが鏡みたいになって後ろの景色が見えるし、電灯の光がレンズの埃に当たると、顕微鏡みたいになるのよ。ある日なんて、私てっきり、鼠のほかに蜘蛛まで出たのかと思ったの。でもちっとも動かないし、よく見ると蜘蛛よりずっと脚が多かったのよ。それで目を細めてみたら、その脚もゆっくり動く。私の睫毛だったの！　だから壁のほうを向いて窓の外を映してみたり、じっくり睫毛の数を数えたりしてると、いつまで寝ていてもまるで飽きないわ。最近はとくにそうしていることが多かったから、退治する暇がなくて、鼠もすっかり増えちゃったの。あんまりうじゃうじゃいるんで、窓にも近づけないくらいだわ。もしそうじゃなかったら、久しぶりに表へ出て、あなたのお見舞いをしてもいいのにね。

　本当にお見舞いに行けたなら、あなたに愛について教えてあげたいわ。でもお見舞いには行けないし、私は愛について何も知らないのよ。

　それでも一つだけ言えるのは、愛は教えられるものでも与えられるものでもなくて、発見するものだということよ。発見できなければ、どんなにしつこく教えたって、それは受取人不明で返送されてしまうわ。しかも郵便と違って、返送された愛は送り主の元へは帰り着かないのよ。途中で息絶えて、撃たれた鷗のように地に落ちてしまうわ。

　私、一度だけ愛を発見したことがあるの。そしてその愛は死んでしまったわ。私が愛したのは母よ。私は母を死ぬほど愛していた。母は忙しくて、静かだった。私にカーテンや釘やスプーンや切手をくれたわ。でも私の愛には気づいてくれなかった。母は昔から、決して私を正面から見ずに、目玉の隅でちらちら見たわ。誰に対してもそうなの。それからちょっと不快そうに、疑り深そうに、下顎を突き出していたわ。ちょうど鼠を見つけたときみたいに、怯えたように、怒りっぽく。それで愛は返送されて死んだのよ。

私がいま鼠を見る目は、母の私を見る目と似ているかしら？　だけどすくなくとも、私は鼠をはっきり憎んで、闘おうとしている。そんな関係のほうがよっぽど愛情に近いと思わない？

お見舞いに行けなくてごめんなさいね。でもあなただって、来られたら迷惑かしら？　それは私たちのやり方じゃないかしら？　でも私、あなたが好きよ。

あなたの頭のなかの鳥

僕はいつまでこの街にいることになるでしょうか？　大家の（僕の）不正がひょんなことから露見して、税金と莫大な追徴金を請求されたときでしょうか？（そのときに備えて、あの無料新聞を時給八ポンドで配っておいたほうがいいでしょうか？）それともどのような方法にしろ、自分の職業とやらに目星がついたときでしょうか？　はたまた単純に、ふと帰りたくなったときでしょうか？　どちらにしろ、いつでもあなたがそばにいるのは心強いことです。

昨日、といってもほんの六時間ほどまえのことですが、僕はすこし恢復《かいふく》して、何日かぶりでカーテンを開けてみました。それもいつものようにおどおどとではなく堂々と、まるで自分の何もない部屋を自慢するみたいに開けたのです。公園には学校から帰った子供たちが駈けまわりはじめていました。そのなかにはどうやら、あの膝の皿を割った少年も交じっていたようでした。彼は以前よりも一回り逞しくなって、ちっとも懲りずに、相変わらず威勢のいい気焔《きえん》を吐いています。もっとも、それはさほど気になりませんでした。思ったほど彼を憎らしくも感じませんでした。僕は気分がよかったのです。

自分自身から隠していた事実を見つけ出し、なおかつそれを認めるのは、もちろん非常に骨の折れる作業です。まずは物陰でゆらゆらしている黒い影をつかまえて、そいつに自らの存在を自白させなければならないからです。これは簡単なことではありません。そいつはしらばっくれ、ごまかし、隙あらば逃げ出そうとします。うまいこと尻尾をつかんだら、すっぽんよろしく決して放さずに、地べたに叩きつけてやらなければなりません。僕はついにそれをやり遂げました。衰弱してジタバタするのをやめたそいつは、ぽつりぽつりと事実を認め、やがてすべてを白状しつくすと、窓から飛び出して鴎の声で鳴き、感動にうちふるえている僕を残して完全に蒸発してしまいました。

僕はようやく理解しました。ベッドから起き上がることができなかったのは、病気でもなければ、あなたの言うように老いの予兆でもなかったのです。なんのことはない、それは恋わずらいだったのです。あなたを愛し、たとえそれが危険で、賢くない選択であったとしても、あなたについてもっと知りたいという、燃えるような望みだったのです。

あなたは馬鹿らしいと笑うでしょうか？　たしかにそれは僕たちのやり方ではないかもしれませんね。しかしあなたと言葉を交わすうちに、すくなくとも僕はやり方を変えなければならなかったのです。むろんあなたにその気がなければ、僕の愛は返送され（ああ、あなたの手紙は、僕にあっという間に愛を発見させました！）せっかくの友情も後ろめたいものになってしまうかもしれません。それは仕方のないことですが、やはり恐ろしいことです。そんな気持も僕の恋わずらいを長引かせていたのかもしれません。

そこで僕はいい方法を考えつきました。賭けでもありましたが、何よりも確実だと思われたのです。つまりあなたに訊いてみるのです。まだ僕たちのやり方しか知らないあなたに、僕のやり方を試してみる価値があるかどうかを訊いてみる。それは礼儀にもかなっているように思われました。もし窓の向うにあなたの姿が見えれば、僕は遠慮せずに前進しようと決めました。

堂々とカーテンを開けます。公園の子供たちのなかに膝小僧氏を見つけても、ちっとも気になりません。それどころではなかったのです。続いて僕の視線は公園を泳ぎ出ます。ジョージアン風の建物と、滑稽な緑色の扉が見えます。地階、一階、最上階。左から二番目。ああ、あなたはたしかにそこにいました！ それも永遠に！ あなたはお母さんから贈られたモスリンのカーテンを首に巻きつけて、窓のちょうど真中あたりで、ゆらゆら、ゆらゆら、揺れていました。

あなたがかくも激しく提案に賛成してくれたのを見て、僕はすぐさま部屋を飛び出しました。玄関から階段を一段飛ばしに（めったにそんなことはしないのですが）、裏へまわって、通りに出ます。公園の柵を、つまずきながらも跳び越えて、まっすぐに走ります。脚に何か重いものが乗っかりました。きっと子供でしょう。構わずに突っ切ります。そしてついに非ジョージアン風の緑の扉を引きちぎりました。九十度に何度も折れ曲がる階段で息を切らせます。イギリス人は平均すればさほど大柄な国民ではありませんが、それにしてもどうしてこんなに狭いのか、手すりに何度も肩を打ちつけます。三号室！ あなたは扉を半開きにして、待っていてくれましたね。

突然のお客に驚いたのか、鼠は一匹も見当たりませんでした。その代わり、ご母堂がわざわざ出迎えてくれたのは感動です。これまでの僕には見えようもない、窓枠の横にぴったりと寄り添って。いまやカーテンはあなたの首を暖めていますが、いつもはお母さんの毛布がわりになっていたのでしょうね。いやはや、お母さんには申し訳ありませんが、窓枠にもたれかかっているものを最初に見たときは、それが人間だとはとうてい思えませんでした！

それから僕らは新しい友人同士のするように、ちょっと世間話をしましたね。それは逆戻りでしょうか？　僕には、新たな方向への前進のように思えます。

名残惜しい気もしますが、もう手紙を書く必要はないでしょう。窓を開けても、通りを越えても、すぐに会えるのですから。どうかいついつまでも、ゆらゆら揺れていて下さいますように！

愛するあなた、

この狭い街でこれが行き違いにならないといいのだけど。ロンドンでは十九世紀には市内郵便が当日中に配達されていたそうです。困ったことにいまはそのときよりも退化しているのよね。

あなたって、私を買いかぶってるわ。あなたが寝込んだほんとの理由、よく知ってるのよ。母に使ったのとおなじものが、あなたにあげた切手の裏にも塗ってあるからだわ。ちゃんとぺろぺろ舐めたのね？

私、あなたを道連れにしようってんじゃないわよ。でも、鼠が多すぎてもうだめなの。お願いだから、地底まで連れ戻しに来たりしないでね。

あなたの妻

狂言・切り裂きジャック

ハイランドからの急な呼び出しを食って、私は周章《あわ》てて腸詰《ソーセージ》を呑み下した。隣人で同業のルイス氏に頼んで、今日の患者を引き受けてもらわねばならない。

読者は、いきなり人を呼びつけて診療所まで休ませるとは、このハイランドという男はずいぶん手前勝手なやつだと思われるかもしれない。しかし私はルイス氏に頭を下げたり、新妻のメアリーの機嫌を取ったりする面倒よりも、ハイランドのもとへ駈けつけることで味わえる好奇心と冒険心の充足を思って、すっかり血が騒いでいた。だから私は朝食の皿をぺろりと舐めると、韋駄天《いだてん》走りに隣家へ飛び込んで代診を頼み、優しく見守りながらもどこか寂しそうな可愛い妻にたっぷり愛を囁くと、親友からの電報にあった通り簞笥《たんす》の奥からピーコートを掘り出して羽織り、一目散に家を出た。

そこでいきなり困った事態に陥った。いや、食卓に届けられた電文を一目見たときから不安を感じてはいたのだが、じっくり考える暇もなかったのだ。というのも今回の待ち合わせは、こともあろうに「千八百八十九年のホワイトチャペル」だったのである！

賢明なる読者は、『犯罪の錬金術師』事件でハイランドと出会って以来、私が事件の度に無理難題の待ち合わせ場所に呼び出され、そのために潜水艦に乗ったり、気球に乗ったり、あるいは山へ登ったり谷間へ降りたりしたのをご記憶のことと思う。ことに最近の『ルパン死す』事件に参加する条件として命からがらエッフェル塔のてっぺんに辿り着いたときは、よもやこれ以上の苦労はすまいと未熟にも胸を撫で下ろしていたのだが……。

然るに時間移動とは！

　ホワイトチャペルまでの最短距離を導き出すのは容易いことだった。ロンドン市民ならば当然のことだろう。しかしいかに誇り高きロンドナーといえども、ここから千八百八十九年に行く方法には覚えがあるまい。私もご同様である。ところがハイランドの詔《みことのり》を信ずるならば、私はただ目を閉じて、時の波を跨《また》ぐことだけを念じて歩めばいいのだそうである。電報を引用すれば、「サイクハリユウリユウ《細工は流々》」なのだ。だが落ち着いて考えてみると、いくらなんでも冗談が過ぎるのではないだろうか。

　ハイランドとはもう五年近いつきあいで、彼と出会った頃の私はまだ定職にも就かずにふらふらしていたものだ。それがひょんなことから彼という知己を得て、今日までに遭遇したいくつもの怪事件を経て、私たちの友情は確かなものへと肉づけされて行った。私の医師としての仕事や、妻のメアリーにしても、これらの事件をきっかけにして舞い込んだようなものだから、もはや私の人生からハイランドを切り離すことはできないのである。

しかし一方で、私ほどハイランドを知っている人間はいないとは言い条、実は彼のことなど何も知らないのではないか、と思わされることもしばしばである。ハイランドというのはどうも仮名のようだし、出身も、経歴も、そのほとんどは謎に包まれている。そして、そういう人物の常として、こちらもどうしても面と向かって質《ただ》す気になれないのだ。ただ私にわかっているのは、彼が東洋の言葉を含めてすくなくとも七ヶ国語を流暢に話し、古今東西の歴史や芸術にも精通し、それに何より、どんな難事件も鮮やかに解決してしまうということである。

えいままよ！　悩んでいても埒が明かない。私は固く目をつむって、「時の波」とやらを強く心に念じだした。しばらくは何も起こらなかったので、超越的な波なんぞよりも行人の私に向けているであろう白い眼のほうが気にかかった。ところがいつの間にか、私は胸の締めつけられる感覚を察知していた。医者の不養生などと言われぬよう人一倍心がけているのだから、発作などではないはずだ。それでも痛みが徐々にひどくなり、そこへ耳鳴りまで加わると、さすがに恐ろしくなって目を開けようとした。しかし開かないのだ！　私はますます恐怖に駆られた。耳鳴りも、頭を割るほどになった。そのうねりの合間合間には、大勢が罵り合うような声や、建物の崩れるような轟音が響き、体を焼くような熱風さえ吹き荒れた。炎の舌が、つむった瞼《まぶた》のなかにはっきり姿を現した。山高帽の紳士が笑っている。扇を持った婦人が泣いている。子供たちが死んだ犬のまわりを走り回っている。

——私は気が狂いそうだった。

「——君！」

そのとき誰かが私を呼んでいるような気がした。いや、いま私の名を呼ぶとすれば彼しかない。私は満身の力を込めて、いま一度目を開こうとした。

「ハウスン君！」

そこにいたのは継ぎを当てた黴《かび》臭いピーコートを着て、いつものすこし意地悪そうな微笑を浮かべた、紛れもないハイランドその人だった。私は安堵のあまり、もうすこしで腰を抜かすところだった。

「もう二度と時間を越えた待ち合わせはごめんこうむるよ」

「いや、ご苦労だったね」

「まったくさ。時間外手当をもらいたいくらいだね」

「ははは、そう君の記録の落ちになりそうな上手いことを言うなよ。事件はこれからだぜ」

言ってから、ハイランドは私のピーコートをしげしげ見て、

「なんだい、仕立てがよすぎるようだよ。この界隈じゃ浮いちまう」

「しかし君、破ったり汚したりしている時間もなかったよ。ここへ来る途中、もうすこしで焼かれそうにはなったがね」

ハイランドは私の言うことを聞いているのかいないのか、しばらく黙っていた。しかし彼にかぎって上の空ということはあり得ないのだ。

「うん、しかし君の左手に古傷があるのはいいな。多少は場数を踏んで来たように見えなくもない……。ん？　体が焼かれそうだった？　それは危なかったね。なにせこの数年は火事が多かったからね。君の立っている場所でもあったんだろう。九十何年だかに」

九十何年？　そうだ、私は本当に——なんということだろう！　ホワイトチャペル通りこそ元の場所に敷かれてはいるが（いや、こちらが元の場所か）、そこから枝分かれしている小さな通りも、その上に生えているどの建物も、見覚えのないものばかりだ。おや、病院だけはこのときからすでにあったらしい。しかしその周囲を歩いているのは荷車を押す青果売りや、ボンネットを被った女房や、威勢のいい水夫たちだった。

一体ハイランドは妖術使いなのだろうか？　確かにこれまでの、パリやイスタンブール、フランクフルト、それにこの大英帝国で起こった諸々の出来事を思い返してみると、この疑いはさして見当外れでもないように思われる。

「そんなに驚いたのかい？　ぼんやりして」

ところがハイランドにこう言われてしまうと、私には彼と時間旅行をすることが、なんら不自然でないように感じられて来る。そう思わせる何かが彼にはあるのだ。だから私はそんな疑問はかなぐり捨てて、そろそろ今回の事件に乗り出さなければならないだろう。

「いや、なんでもない。さあ始めようじゃないか」

「よし来た」

と彼はうれしそうに懐から革張りの手帳を取り出した。さっそく講釈をぶとうというわけである。彼の極端なまでの慎重さ、つまり事件のあらゆる要素を研究し尽くし、完全な答えを出してからでないと行動に移らないという、まるで学者が本を書くときのような、明晰さの証明であるとともに臆病とも取れる彼の性質は、過去の世界でも変わることがないらしい。

「我々はいま千八百八十九年のホワイトチャペルにいるわけだが、今回の事件は何だと思うね？」

「火薬陰謀事件《ガンパウダー・プロット》かね？」

再びそんな冗談を言う余裕が出て来ていた。

「それはそれで面白いかもしれないが、僕が政治に興味のないのは知っているだろう？」

「では真面目に答えよう。だが本当に切り裂きジャック《ジャック・ザ・リッパー》を捕まえるのかい？」

ハイランドはにんまりした。

「いけないかい？」

「しかし、僕は結局そんな人物は存在しないものと思っていたが」

「うん、君の態度は大方の専門家――切裂魔学者《リッパーオロジスト》と名乗る妙な連中だが――より正しいね。だが、僕よりも正しいかな？　これは、いいかい、ただの殺人事件に過ぎない。したがって犯人は一人で、いまも平静に暮している。我々のすぐそばでね」

そう言ってハイランドが通りを挟んだ隘路《あいろ》の奥を指すと、恥ずかしながら悪寒が走った。なにしろあの切り裂きジャックが、すぐそばで息をひそめているというのだから！

「そうら、楽しみになって来ただろう。じゃあ、おさらいしてみよう」

勝ち誇ったように、ハイランドは手帳を開いた。

「まずは去年――千八百八十八年――九月一日のデイリー・ニューズ紙だ。

○昨朝、ホワイトチャペルにて醜悪なる殺人が露呈せり。四時少し前、ニイル巡査はトオマス通りのバックス小路《こうじ》にて、片耳よりもう一方の耳へと咽喉《のど》を大きく引き裂かれたる婦人の遺骸を発見し、直ちに之《これ》を遺体安置所へ搬送せし所、胴体もまた無惨に損傷せられていることが判明す。被害者はメアリイ・アン・ニコルズ、三十六歳、目下ラムベスの救貧院に収容中の婦人也《なり》。尚この殺人事件解決の糸口は未だ見つからず。

彼女が栄《は》えある被害者第一号だね。さて一人とばして、三人目と四人目はどうだったか。

これはおなじ夜に相次いで起こったので、『二重殺人』として大いに話題をさらったぜ。

ええと、シティー・プレス紙、同年十月三日、水曜日。

市街での殺人——二つの新たなる悲劇が、ロンドン全市を恐怖に陥《おとし》いれたる畜生の点鬼簿に加われり。日曜未明、二時少し前、オルドゲエトのミイタア・スクウェアにて、殺害のうえ無惨にも切り刻まれたる二婦人の遺骸が発見さる。警邏《けいら》中なりしワトキンス巡査（登録番号八八一）が、すでに事切れたる二人をば血の海の中に発見せしもの也。警察御用医師ゴオドン氏も馳せ参じて、其《そ》の死を愈々《いよいよ》疑いなきものと確認せり。一人目の婦人は首を半周に渡って切り裂かれ、夥《おびただ》しい流血は発見時にも尚傷口より噴出し、舗道を深紅に染め——

まあこのあとは長いから割愛するとして、どうだい！　なかなか大騒ぎになるのもうなずけるじゃないか。ただ、このときのロンドンが猫も杓子《しゃくし》もジャックの話をしていたかといえばそうではない。現にこの記事のすぐ下には同じくらいの大きさで、郵便局から現金と切手を盗み出した泥棒のことが出ている」

「言われてみればそれが当然だろうね。ヴィクトリア朝のロンドンはそれほど暇な街でもあるまいからね」

「その通りだ。ところがジャックが五人の被害者を片付けて姿をくらませたあとになって、むしろ騒ぎはだんだん大きくなって来た。つまり犯人にとって好都合なことに、この事件は途中から社会現象になり、概念になり、政治になり、神話になったんだね。例えばこの記事は同じくシティー・プレス紙の、最後の殺人からほぼ三週間後、十一月二十八日のものだ。

ホワイトチャペル殺人事件——本紙の匿名広告主は、さる米国または英国の百万長者と相《あい》協力して五千磅《ボンド》を捻出、以《もっ》て『ホワイトチャペルの殺人者を追跡捕縛せんとする素人探偵団を援助す』と発表せり！　此《こ》の広告主は手始めに貧窮せる婦女子三百人を女探偵として雇い入れる積《つも》りと云《い》う。

どうだい、早くも慈善事業の材料になってる！　それから別の新聞では、東ロンドンの歴史がすっかり洗い直されている。三番目の殺人が起こったミーター・スクエアには、かつてロンドン塔の一部を吹き飛ばした犯人のアジトがあったとか、どこどこに住んでいた著名人はかくのごとし、ディケンズも東ロンドンを愛した、とかね」

「わけがわからんね」

「一方で、社会から疎外された者たちにとって、ジャックは早くも神の座についたようだ。ホワイトチャペル一帯ではその前年には一件の殺人もなかった。それがジャック以降、殺人ではないにしろ、どこかしら猟奇的な演出を施された事件がいくつか起こっている。ジャックを名乗る男からの無数の手紙や小包がそうだし、ベンジャミン・ニュートンという男の騒ぎもそうだ。ニュートンはバスの車掌だったんだが、その日は緑の襟巻きに緑の傘という出《い》で立ちで、とつぜん自分は切り裂きジャックだと叫んで、乗り合わせた婦人を殺すと脅した。もっとも彼は明らかに錯乱していたんだね、すぐに発作を起こして昏倒したところを御用になってしまった。ひどい場合には、老婦人が新聞でジャックの記事を読んだとたんに泡を吹いて事切れたなんてこともあったそうだ。ここまで来ると集団ヒステリーだね。普通の事件ならとっくにほとぼりが冷めるような時期に来ても、新聞には相変わらず、夜中に敢えてホワイトチャペルをうろついてみた記者の手記やら、各界の専門家による犯人の人格についての分析やらが載るし、政治の世界でも、警察や内務省ではこの事件にかこつけて何人もの役人が笑ったり泣いたりしたようだよ。しかも来年には――」

「来年というのは、その、千八百九十年のことかい？」

「そうだとも！　ええと、来年には、ロンドンで日照時間が一日一時間以下という状態が一月も続くなんてことが起こるんだが、これも一部でジャックのせいになった。どうだい、馬鹿らしくなってきただろう？　だから歴史についてはここまでにしよう」

「そうしてもらえるとありがたいね。僕はすっかり混乱してきたよ」

読者も同じことではないかと思う。私はこの記録をつけながら、なるべく正確を期そうと乏しい記憶力を絞りに絞っているうちに、現にいま眩暈《めまい》に襲われたところである。しかしハイランドの活躍はこれからだから、ここまでの薀蓄《うんちく》は放逐していただいて構わない。

「もう一度言うけれど、これは至極普通の事件なんだ。一人の男――おそらく男――が四人の女を暗がりでつぎつぎと殺し、最後の一人は被害者の自室で始末した。そして目的を達成すると忽然と姿を消してしまう」

「しかし僕の記憶が確かなら、ジャックはもっと大勢の被害者を殺《あや》めたという意見も多いようじゃないか」

ハイランドはパイプに火を点じて、煙と一緒に白い歯をのぞかせた。

「むろんその説はあるよ。実際、五人のほかにも何人かの娼婦が殺されたのは事実だ。だがそれは連続殺人にはつきものの模倣犯の仕業に過ぎない。現に千九百七十年代末にはヨークシャー・リッパーなんて奴もいたし、ごく最近の新聞にだって、『三人目の娼婦行方不明、サッフォーク州にリッパーか？』なんて書かれてたじゃないか。百年後に模倣犯がいるなら、一ヶ月後にもいるさ」

「何故そう言いきれるんだい？」

敢えて挑戦的に尋ねてみた。それがハイランドを喜ばせることを知っていたのだ。

「なに、実に簡単なことだよ。その理由こそが事件の真相なんだから。まあすこし歩こうじゃないか」

言うが早いかハイランドが先に立って歩きはじめたので、周章てて後ろへついた。ここではぐれては身の破滅だし、ただでさえ彼は歩くのが速いので、私は走らんばかりだった。

十九世紀にも変わらぬロンドンの偉容は、私の愛国心を満足させるものには違いなかった。だが同時に、このイースト・エンド界隈のあまりの陰鬱さは、これまで私が過去というものに対して抱いてきた少年のような淡い憧れが、いかに青臭い感傷であったかを指摘せずにいなかったのである。建物の煉瓦《れんが》は黝《あおぐろ》く煤け、壁を実際よりも高く、威圧的に見せていた。それら建築群のわずかな隙間からは、商人や給仕、事務員や徒弟が入れ代わり立ち代わり現れ、その彼らすべてを合わせたよりも多いと思われるほど大勢の女たち――おそらくは昼間から酒に酔っている娼婦たち――が、男たちに肩をぶつけながらふらふらと煤煙《ばいえん》の雲のなかを漂っていた。その光景は、我々の時代において娼婦のたまり場となっているパディントン界隈（怖ろしいことにパディントンには、一般住宅の庭に侵入して客を取ったり麻薬を服用したりする者までいるという！）のような騒々しさこそないものの、より人間的な、より精神的な暗さに包まれていた。

この落胆により、私はようやく動きだした捜査の出端《でばな》で、早くも躓《つまず》いた形になった。もっともハイランドはこちらの様子など気にも留めずに歩きつづけ、枯れた薔薇が一輪ぽつねんと落ちている路地の入口まで来ると、ようやく足を止めたのである。薔薇はたまたま風に吹き寄せられたに相違ないが、どこかしら象徴めいて見えたことは否めない。

「さあ、ここがバックス小路だ。僕たちの時代ではダーワード通りと呼ばれている。ここでメアリー・アン・ニコルズは殺された。そして二月あまりのあいだに、アニー・チャップマン、エリザベス・ストライド、キャサリン・エドウズ、そしてメアリー・ジェーン・ケリーが犯人の刃《やいば》にかかっている。ほかの四つの現場もこのすぐ近くだ」

「そう考えると、よく逃げおおせたものだね」

「そこなんだ。切裂魔学者の連中はいつもお互いに水掛け論をやっているが、この点では一致している。つまり犯人は地元の人間で、土地勘があるというんだ。確かにそうだろうね。普段からここにいるのがあたりまえの人間ならば、事件直後に現場をうろついていたって何ら不都合はないわけだ。一連の事件のさなかには何百人もの不審者が職務質問を受けているが、まず間違いなく、ジャックも一度は取り調べられただろう。そうして、うまくやり過ごした。地元の人間なら疑いをかわすことは難しくないし、いったん白と見られれば当分は邪魔されないですむ。——ところで、大方の専門家が意見の一致を見ているもう一つの点、すなわちジャックが精神に傷を負った異常者で、娼婦をこの世から一掃したいという妄念にとりつかれて犯行に及んだという点だが、これはいただけない。いくら地元の人間でも、そんな不安定な精神状態では網の目のようにはりめぐらされた警戒を突破できるわけがない。犯人は冷静に、自らの動機に忠実に行動している」

「ふむ」

「したがって明確な動機のない容疑者は、自動的にリストから外されるべきだ。アルバート・ヴィクター王子なぞは、はじめからリストに入っているのがおかしいわけだが」

「それは聞いたことがあるぞ」私は急に思い出した。「王家が一枚嚙んでいるというのは、確かになかなか魅力のある説だね」

「そうだとも。それこそまさに連中の思う壺だよ。彼らにとってジャックは神話なのだから、それが王子であろうと魔王であろうと構わないんだ。結局のところジャックは、親が子をしつけるための道具にまで成り下がってしまったのさ。『悪い子のところには切り裂きジャックが来るよ！』って具合にね。だから僕たちはジャックを神の座から、寿命の定められた人間の地位へと引き戻してやらなければならない。――あっ、あれを！」

ハイランドが出し抜けに指した方角を見ると、アストラカンの外套《がいとう》を着てグラッドストーン鞄を持った紳士が、跳ねるような独特の動きで歩いていた。

「あれが誰だかわかるかい？」

「いや――。まさか？」

「ははは、それは気が早いよ。彼はジャックじゃない。警察にそう思われていたことはあるがね。あれはニカネル・ベリニウス博士で、スイス人の旅行者さ」

「ジャックに間違われるような不愉快な思いをしたのに、まだこの街にいるのかい？」

「いや、いるんじゃない。スイスに帰ったかと思うと、またすぐにやって来るのさ。彼はジャックではないが、おそらく娼婦を殺したことはあるだろう。だがジャックでない以上、僕たちには関係のないことだ」

「しかし――」

するとハイランドの顔からはいつもの微笑が消え、私の苦手な、人を射るような目の、神経の塊とでもいうべき表情が浮かんできた。

「いいかい、ハウスン君。罪は倫理で決まるのではなく、法律で決まるのだよ。この時代の僕たちの故郷では、人を刺しただけで死刑を宣告されることもあれば、少女を強姦して死なせてもお説教だけですむ場合もあるんだ。すべては法律とどう向き合うかで決まるのさ。君の倫理に従ってあの男を捕えて何になる？　彼の身分があれば、娼婦の命などは最初からなかったことになるのさ。それにあれは幸福な殺人者であって、彼のまわりには謎などない。このハイランドは謎にしか興味がないのだよ。つまり博士は僕の倫理にはもちろん、僕という法律にも触れはしない。だから彼は僕には用なしなんだ」

　私はしばらく口を開くことができなかった。ハイランドの言うことは確かに本当だ。いったい世のなかには、どれほど罪に問われない犯罪者がいるだろう？　そして彼らのことを指して犯罪者と呼ぶ私の価値観はどこから来たのか？　なるほど彼らはいつか私の身の安全を脅かすかもしれない。だがそれならば、私の言動が他人の身の安全を脅かすことが絶対にないと言えるだろうか？　例えば、先日の新聞にこんな記事があった。一人のクリケット選手が手首を鍛えるために、球をわずかばかり宙に投げては受け止めるという動作を繰り返しながら歩いていた。我々がよく林檎や鍵束でやるあの遊びとおなじことだ。ところがこの選手は地下鉄駅で巡査に呼び止められ、すぐに球をしまうように命じられた。巡査に言わせるとそのクリケット球は「殺傷力のある武器」だったからである！　こんなものが法律ならば、法律の定義する罪というやつも、さぞかし不可思議な矛盾を孕《はら》んでいるであろうことは想像に難くない。だから見ようによっては、私もまたジャックのように、犯罪者になり得るのだ。よしその罪が、目に見えるものではないにしても……。

「そう難しく考えるのはよしたまえ」私の心を見透かしたのか、ハイランドはいつもの顔に戻っていた。「君が真剣に悩むほど立派なことを僕は言っちゃいない。つまり僕は快楽のために事件を捜査する利己的な人間であって、その快楽に無関係の人間がいくら苦しもうとも意に介しないのさ」

このあけすけな宣言は私の背筋を凍らせた。ハイランドは誰にでも礼儀正しい、むしろ模範的な紳士で、優しさもじゅうぶんに持っている。他人の悪口を言ったりもしないし、嘘だってつかない。しかし一方で、彼は現にいま彼自身が言ったような人間でもある。しかもその頭脳の優秀なことときては、誰しも彼が悪の道に堕《お》ちないことを祈らずにはいられないほどなのだ。

だが忠告に従って、深く考えるのはやめにしようと思う。ほかにどんな顔を持っていようとも、私には彼の意地悪そうな、それでいてどこか人懐こい微笑があればいい。それこそが我が親友の姿であり、私が読者にその活躍を報告する義務を負うところの、名探偵の顔なのだ。ではそろそろ、自分の仕事に没頭するとしよう。

「それじゃあこれから、一気に片をつけてしまおう。もう手筈《てはず》は整っているんだ」

そう言ってハイランドはまたしても私の追いつけないほどの速さで歩きだすと、ちょっと先で歩をゆるめ、擦れ違いざまに一人の紳士に話しかけた。私は今度こそジャックではないかと身構えたが、それはあまりにも立派な身なりの、旧い家柄の貴族かと見えるほどの紳士で、話しかけているハイランドもきわめて鄭重である。

「――それで、失礼ですがご尊名は？」

「ジェイコブスンと申します」

「なるほど、ご協力感謝します」

ハイランドは私の横へ並んで、紳士が帽子に手をやって行ってしまうのを見届けてから舌を出した。

「なに、新聞のちょっとした調査だと言ったのさ」と用もなく開いていた手帳をしまって、

「君も聞いただろ？　彼はジェイコブスンと名乗った。つまりユダヤ人だ。ちょっとそう見えないじゃないか」

「僕はまた純血のイギリス貴族かと思ったよ」

「そうだろう。だがシュマルツの匂いがしたんでね、ぴんと来たんだ。つまり見た目ではたいしたことはわからんということさ」

「それはそうだね」

私は医者として同意した。

「だから犯人が外国人——この時代のロンドンではユダヤ人という意味だが——に見えたとか、犯人に髯《ひげ》があったとかなかったとか、顔色が白いだの黒いだの、そういう証言にはあまり信憑性がないね。ましてここは夜になると本当に暗いからね。ほかにも犯人は胸に赤い花を挿《さ》していた、いいや白い花だ、などという矛盾した証言がいくらもあるが、それなら犯人は赤と白、両方の花を挿していたのかもしれない。とにかく、樹を見て森を見ないようでは事件は解決しないよ」

やがて私はハイランドに導かれるままに、コマーシャル通りとフルニエ通りの交わるところに店を構える「十鐘軒《ザ・テン・ベルズ》」というパブの前までやって来た。この店は現代にもあって、通りを挟んだ反対側には瀟洒《しょうしゃ》な市場の代名詞となっているオールド・スピタルフィールズ・マーケットがあるので、私もそこをぶらついた帰りに、一杯やりに寄ったことがある。切り裂きジャックの人気にあやかろうと、(現代から見た)一昔前には「切り裂きジャック軒《ザ・ジャック・ザ・リッパー》」という安直な看板を掲げていたこともあったはずだが、そのあと本来の名に戻したということなのだろう。いま私の目の前に建っているその店は、記憶よりもずっと陰鬱で、煤煙のせいで実際よりも暗く見える夕暮を背に、音もなく不気味に聳《そび》えていた。

「ここは二番目の被害者、アニー・チャップマンが常連だったと言われるパブだ。ここで彼女は客を取るときと眠るとき以外の時間の大部分を過ごしたわけだね。しかし実は、常連は彼女だけではなかったのさ」

ここでハイランドは口笛をピイッと一吹きした。すると店と隣の建物のあいだの路地から、一人の薄汚れた少年が仔犬のように走り出て来た。なるほど、捜査に地元の少年の力を借りるという手法を、ハイランドは過去の世界においても変えないわけだ。しかしハイランドがいつも呼び集める身ぎれいな美少年たちに比べて、今回の舎弟はなんとみすぼらしかったことだろう！

「君は確かに五人がこのパブで話し込んでいるのを見たんだね？」

「うん見た。おいはアニーのことよく知ってら。だっていつもおいの寝床の裏の塀の下で、男といいことしてるもの」

「そうかそうか」ハイランドは劣悪な環境のなかで純粋さを磨滅させてしまった少年を相手に愉快そうに、「それでジャックが初めて出た前日も、五人はここにいたんだね？」

「そうだよ。あの日はメアリー・アンがいちばんに、べろんべろんで出て行った。そんときみんなに『ほら見ろ、こんなに可愛いボンネットを買ったんだぞ』って言ったら、みんなは『なんだおまえ、泥棒でもしたのかね』って大笑いだ。でもおいは最後まで残ったから、メアリー・アンのそれからは知らねえ。またアニーがいいことするの、見たかったからさ」

「よし、これではっきりした」

少年が身振りや声色で巧みに演じるのを楽しんでいたハイランドは急に発奮したようにそう言うと、ポケットから我々の見慣れた一ポンド硬貨を取り出して少年の手に放ってやった。あるいは私の知人のご先祖かもしれない可愛らしい助手は、めずらしい金貨に雀躍《こおど》りしながら走り去った。

興奮に目を輝かせているハイランドを見て、私は事件の解決が間近いことを覚《さと》った。しかし彼のように燃犀《ねんさい》なる洞察力を持ち合わせない私には何が何やらさっぱりなので、心の準備をするためにも探偵に説明を求めねばならなかった。

「一体、どうはっきりしたというんだい?」

ハイランドは咳払いを一つした。

「うん、これまでは、せいぜい被害者の五人が顔見知りであったという可能性しか取り沙汰されて来なかった。だがいくら資料を集めたって、百年前の一娼婦の交友関係を洗いざらい調べ上げることは不可能だ。例えば、縁起でもないが、君がいま死んだら、さすがの僕にも君の住所録を完全に復元することはできないだろう」

「それはそうだね、友人知己の存在にいつでも証拠が残るというわけではないから」

「だから僕は、殺された五人がもっと緊密につながっていたのではないかと推理してみた。すると一人だけ、ほかの四人とは相容れない人物が出て来る。すなわち五人目の、最後の被害者であるメアリー・ジェーン・ケリーだ。彼女も四人と同様、酒と男で身を持ち崩しはしたが、実はただ一人、元来は生活に困らないような家の出で、ある程度は教育も受けている。これではいずれ四人を敵に回しても致し方ないね」

「ちょっと待ってくれたまえ。パブにいたのは五人だと言ったね？　しかしメアリー・ジェーンが孤立していたのなら、仲良く一緒に呑んでいるのは妙じゃないか」

「その答えはあとさ。さあ行こう」

ほとんど駆けるようにして、私たちはホワイトチャペル通りへ戻った。そしてハイランドは目当ての扉を見つけるが早いか、すさまじい勢いでノッカーを叩きつけた。

「ジャック・パイザーさんですね？」

「左様ですが」

扉の向うから出て来た、顔色の浅黒い、小柄で逞しい中年男は、目をぱちくりさせながら答えた。するとハイランドは急に大仰な声色を使って、流れるように言った。

「ああ、ではあなたがあの有名な『革エプロン』こと、いつも娼婦をいじめては楽しんで、切り裂きジャック事件の重要参考人になりながらも証拠不十分で起訴を免れた半人半獣、兇暴なるユダヤ人のパイザー氏というわけですな？　お目にかかれて光栄です」

とたんにパイザーは怒りも露わに、頬髯のあたりを真赤に染めた。

「やい手前、いったいどういうつもりだ！　ふざけると承知しねえぞ！」

私の鼓動はすっかり早鐘のようになっていたが、探偵は落ち着き払い、やおら片足ずつ敷居を跨いだ。

「まあ待ちたまえ」と、いつもの語調に返って、「僕は警察の者でもないし記者でもない。ただ事実を知りたいだけのハイランドというものだ。こちらは友人のハウスン博士。どうだろう、君を待っているケリー婦人のためにも、本当のことを話してくれないか？」

パイザーは跳びのいた。私も跳び上がりかけたことは言うまでもない。

「いったい、――どうしてそれを？」

「ケリー婦人はバーネットという男と同棲していた。だから世間ではこのバーネットを犯人と見る向きもある。しかし二人の関係はとっくに破綻していた。それ以来ケリー婦人は売春から足を洗って、君と一緒にいたね？」

パイザーの顔からは怒りが消え、代わりにほとんど畏敬に近い表情が浮かんだ。

「その通りです、旦那」

「そしてケリー婦人は五人の元同業者に脅されていたんだろう？」

パイザーの目から涙がこぼれた。それは一年にわたって彼を心底苦しめた秘密からの解放がもたらした涙であった。

「ここでは何ですから、どうぞ中へ……。さあ、お座りください。たしかに私は五人の女をこの手にかけました。あなたが本当にそれを知りたいだけだというなら――いいえ、たとえあなたが法の手の者であったとしても、もう抑えることもできません――すべてお話し申し上げます。もう怖ろしくて怖ろしくて、私は狂ってしまいそうなのですから」

パイザーは一呼吸置いてから、ゆっくりと、しかし力強い確信のようなものを抱いて語りはじめた。

「メアリー・ジェーンと暮しはじめたとき、私は本当に幸福でした。私たちは出会ったばかりでしたが、お互いにすっかり夢中になって、すぐにでも正式に結婚して、貧乏でも楽しい生活を送ろうと意気込みました。

ところがある日、メアリー・ジェーンは突然わっと泣きだしたかと思うと、しばらく呑んでいなかった酒を、立て続けにぐいぐい呷《あお》るではありませんか。私は周章てて酒瓶を取り上げて、どうしたのかと尋ねました。

『わたし、お腹に子供がいるのよ。あなたに出会う以前にできた子供が。そしてそのために、決して幸せにはなれないのよ』
驚きはしましたが、せっかくの授かりもの、夫婦で地道に暮して行こうという矢先、そこに小さな仲間が加わるのも悪くはありません。私も長靴職人の端くれですから、いずれはその子に家業を継がせることもできるだろうと思うと、いまから実の子のように愛着がわいてきたのです。それなのに、私がその旨を伝えると、彼女はいっそう激しく泣いて、『そうなったらどんなにいいかしらね。でもこの赤ん坊ばかりは禍《わざわ》いの種なのよ』とこう申すではありませんか。これは余程の事情があるに違いないと、詳しい説明を求めました。
その事情とはこうなのです。一緒に暮していたバーネットという女衒《ぜげん》のような男との関係をようやく切った頃、メアリー・ジェーンはさる非常に高貴な身分の客の酔狂につきあって一夜を明かしました。そして二月経ってみると、どうも赤ん坊ができたらしい。その二月のあいだは体調を崩して仕事もせず、そのお客がはずんでいった心づけを削って生活していたので、どうも彼の胤《たね》に違いない。それを五人の仲間と呑んでいたときに、うっかり口を滑らせてしまった。すると五人は以前から一人だけ若く、学もあればいいものを食ったこともあるメアリー・ジェーンを快く思わない節があったのが、これをしおに嫉妬を爆発させて、それならその高貴なお客にそのことを暴露してやろう、相手でも家名に傷がつくとなればおまえ一人くらい殺してしまうのはわけもない、と脅しにかかりました。それは勘弁してくれとメアリー・ジェーンが懇願すると、待ってましたとばかりに、まずは心づけの残りを巻き上げられ、今後も月にいくらずつよこせ、とこうなったそうです。

以来メアリー・ジェーンは健気にも、すこしでも安定した収入を得ようと酒もやめ、慣れない針仕事や洗濯婦などをして、そのうちに私と出会いました。それでも表へ出る度に五人の視線を感じますから、私と所帯を持ったところで一生あの連中につきまとわれるのかしらん、そうこうするうちにお腹はどんどん大きくなるというわけで、怺《こら》えかねて泣きだしたというわけです。

これを聞いたときの私の怒りといったらありません。妻となるべき可愛いメアリー・ジェーンと、これから産まれてくる子供と、三人で営む家庭の幸福を守るためならば、私は何でもしてやろうと決めました。はじめのうちこそ、高貴な身分の人物ならば薄汚い娼婦の言うことなぞ本気にすまい、だいたい金持に隠し子はつきものだ、と思いもしましたが、噂になれば尾鰭《おひれ》もつきましょうし、どんな災難が降りかからないともかぎらない。不安の芽は摘んでしまうに若《し》くはありません」

「それで五人を殺したわけだね？　世間では五人目はメアリー・ジェーンだと思っているようだが」

「へえ、五人目はジャネットとかいう、やつらの仲間です。世間では娼婦なんぞ、殺されればともかく、行方知れずになったくらいでは誰も気にしやしません。こいつが一番メアリー・ジェーンに背格好が似てたんで、顔もわからないように切り刻んだんでさ。ああ怖ろしい！　でも幸福のためにはそれしかなかったんでさ！　警察に目をつけられたときには、メアリー・ジェーンさえ無事ならいい、全部白状してしまおうかとも思いましたが、あんな連中のために自分が首をくくられるのかと思うと未練も出て、それもできませんでした」

「それで彼女は？　オーストラリアかね？」

「左様です。メアリー・ジェーンがバーネットと住んでいた部屋が空き部屋になっていたので、そこでジャネットを片づけた翌日、まだ暗いうちに送り出しました。二人でいなくなっては目を引くので、一年して、世間があんなことを忘れてからにしようと……。来週、私もリヴァプールから船に乗るつもりでした」

聞き終わったハイランドは、すっかり満足した様子だった。私もまた、ようやく見つけた幸福を命がけで守ろうとする貧しい男女の物語に、すっかり引き込まれてしまった。

ハイランドは脱力感に震えているパイザーの肩を一つ叩いた。

「ありがとう。では奥さんとお幸せに」

パイザーはその場にへたへたと座り込んだ。

「本当に私を行かせてくださるんで？」

「言ったろう、僕は事実が知りたかっただけさ。捕まえるつもりなら、事件のその場か、そもそも事件の起こる前に防いでしまってもよかったんだ。もっともそれでは歴史が変わってしまうがね」

パイザーは腰を抜かしたまま、狐につままれたようにぽかんとしている。

「いや、こちらの話さ。ハウスン君、行こうか」

「ああ」

私は急に現実に引き戻された。そしてパイザーに聞えない程度の小声で、先程から気にかかっていた疑問をぶつけた。

「結局、あれだけ世間の噂は信用に足らないと言っていたのに、犯人はユダヤ人で、しかも名前もジャックだったんだね」

「ははは。そうだね。しかしそれは偶然さ。いつの時代も大事件は差別感情と結びつく。ドレフュス事件や、日本の大地震の場合を見るがいい。そしてジャックなんて、佃煮にするほどある名前じゃないか。今回はたまたまの結果だよ」

なるほど、それはその通りかもしれない。そうすると、ハイランドは私がそのような蒙《もう》昧《まい》に陥らないように、敢えて遠回りにここまで先導して来たということなのだろうか。あたかも私を教育するかのように……。そう考えると私はいっそうハイランドの人間離れした知性に圧倒され、友情と言うだけでは足りない何かしらの畏怖を覚えるのだった。それはまた、ハイランドがそのようにしてしか楽しむことのできない、そのようにしてしか私とも対峙することのできない、孤独な魂の持主であることを意味するのだろうか……。

私はこの問題を徒《いたず》らに追及しようとは思わない。彼が命がけで打っている芝居を、私は命がけで観るべきだ。それが親友としての私の務めなのだ。これまでも、そしてこれからも。

気持も新たに、私は帰路に就くにあたって率直な不安を打ち明けた。

「ハイランド君、またあの吐き気のするような思いをしなけりゃならんのかね」

「いや、こいつがあるのさ」

「本当かい？　じゃあ早いとこ帰ろうじゃないか」

「旦那、ちょっとお待ちくださいまし」

振り返ると、パイザーは立ち上がっていた。

「何故に私をお疑いに？」

「それはね」

ハイランドはほとんど恍惚としてパイプに火を点じた。

「僕は怪しいと思う人物を片っ端から観察してみた。すると君の左手には真新しい指輪の跡があるじゃないか。まるでいま外したといわんばかりだ。それで、君が夜のあいだは遠くにいる恋人を想って指輪をはめているのに、昼間は死んだ恋人のことなぞ忘れたかのように装っているのではないかと思ったんだ。でもこれは不自然だね。婚約者が死んだからといってすぐに指輪を外す必要はない。現に女王だっていつまでも喪服を脱がないからね。その不自然さが僕の興味をそそったのさ」

ハイランドは朦々《もうもう》と煙を吐いた。一方のパイザーはすこし照れたように笑って、革エプロンの前ポケットから一本の紐を取り出した。

「旦那、この跡はこいつのせいでさ。長靴に使う革の寸法を取るときに、一寸ごとに玉に結ってあるこの紐を使うんですが、いちいちしまうのが面倒なんで指に巻いておくんです。残念ながら指輪を買う金なんぞ持ち合わせません」

舌学者、舌望に悶舌す

ロンドンへ来てからの僕のふるまいに何か自画自賛できるものがあるとすれば、一度もアメリカ英語を話していないことだった。ロンドナーのお家芸は母音の短さや抑揚の激しさ、それにロティックである《Rを発音する》ことなどいくつかの条件を兼ねそなえた話者に向かってYou have an American accent《あんた、アメリカ英語だな》とやることで、北米にそこまで縁があるわけでもないのに右の条件を満たす話し方をしがちな僕は、機内ですでに誓いを立てていた。いまこの瞬間から、女王陛下のお膝元にいるかぎり、決してイギリス英語しか話すまいと。そしてヒースロー空港の入国審査官が「どちらにお泊まりですか?」とおきまりの質問を投げかけたとき、僕はまるで自分の住所を言うようにEarl's Court《Earl's Court》と答えたのだ。おかげで審査官は僕にred, white and blue《アメリカ》のレッテルを貼ることもなく、むしろ聖アンデレのX字を見透かしてwelcome back mate《おかえり》と言っているようだった。何しろEarlは伯爵だ。気道を塞がんばかりに舌を下げ、渇きを覚えるほどにひきしぼった喉から母音を引き伸ばしてこそ伯爵になるのだ。うっかり油断すればEarl《アール》はR《アール》そのものと言いたくなるほど巻きに巻いて脂っこくなってしまう。Court《コート》だっていい勝負だ。ロティックを通り越してエロティックでもお世辞になるような助平親父が、ネルシャツを着てテレビの前でソファに陥没し、脂肪と機械油に滑って立ち上がる気力を奪われたまま三本目の缶ビールに手を伸ばしているような音では、嫌味のひとつも言わずには入国させたくないという気分になるのも無理はない。ロンドンは世界中の人間が、世界中の言語が集まる世界の中心であるがゆえに英語しか通じないのである。通じないというのは実際にどうかという問題ではなく、言語として遇されないという意味だ。東南アジアの人工都市であらゆる言葉が市民権を獲得しているのはまさにそこが辺境だからで、船に乗り込んで西進すればすぐにマレー語が通じなくなり、ヒンディー語も脱落し、北京語もついに諦めて、英語だけが下船できるというわけである。もちろん英語のなかでも、まともな英語すなわち米語でないものが望ましい。

狙い澄ましたようなポンド高に加えて新学期を迎えようとする八月末は考えるまでもなく新居探しには向かないが、時すでに遅し、日本語を解することを最大限に活かそうと、無料新聞や街角の不動産屋だけでなく日系の事務所へも電話をかけてみた。

「なかなか部屋がなくて」

「そうでしょうねえ」

と生返事をする声は昭和の男性である。なるべく正しい話し方を教えようとする両親と、その両親も子供の頃に読んだ絵本に囲まれた小さな世界に育つ子供が、半世紀まえの子供とほとんど区別のつかない典雅な言葉を発するのと同じように、昭和の日本から二十一世紀のロンドンに移住した男たちはいつまで経っても昭和の話し方をする。偉そうなだけの、無能な人間の話し方だ。

「ご予算は」

「出せて千ポンドですね」

「それでは難しいでしょうね」

とんでもない話で、千ポンドはかなり潤沢な予算である。つまりこの昭和の日本人たちは、迷子になった平成の日本人たちを食い物にして、昭和の日本で風呂敷に包んでどうにか密輸してきたバブル景気を、一日でも長く延命しようとしている売国奴なのだ。風呂敷の中身はとっくに死んでおり、泡のように元気だったそれはずっしりと沈んで食い込むが持ち重りには見て見ぬふりをしている。客が生きていると誤解さえしてくれればどうにかなるからで、商売が続いているということは、誤解はよく起こるものらしい。受話器の向うからでさえ腐臭がするのに。

折り合いのつきそうな物件が一軒だけあったので、乗りかかった船でもあり、検分に出かけることにした。アクトンは決して不便なところではないが、評判のよい町と評判のよい町に挟まれてしまったので、抗い難い法則によって評判の悪い町になった。肌は褐色で地面はごみだらけである。住宅地に入るとむやみに高い柵で囲まれている家が多いのは安全性を担保するためとはいえ、かえって死角が増えて夜間の帰宅をためらわせるような危うさが漂う。そうすると柵を取り払えばよさそうなものだが、いざそこに住んでいればもっと柵を高くしようとしか考えられないのだろう。

駅の入口で落ち合った営業は「こんにちは」くらい言ったかもしれないが、その印象もないくらい暗かった。決して失礼というのではなく、うっすらと微笑んでいるのはわかる。そのまま一歩半、先を歩く。あるいは異性でこちらが年下なので、どう話しかけていいのかわからないのかもしれない。髪と肌がひどく傷んでいる。髪は刃物で切りつけたまま凹んでしまったようだし、まったく硬直した肌のほうは、小さなレンズの眼鏡でなおさら強調されている感のある表情の乏しさを釈明するようだ。これは彼女のせいではなく、この国の硬水が日本人にはまったく合わず、また軟水と使うことを前提に作られている日本製の化粧品も必ずしもその効力を発揮しないからで、筋金入りの在英日本人と旅行者に過ぎない自称英国通を見分けたければ、髪と肌の汚いほうを信用すればまず間違いはないのである。彼女もいつか仕事を終えて日本へ帰れば艶々《つやつや》ふっくらと新米のような姿を取り戻すのだろうが、死んで棺桶に入ったらまたいまのような姿になるのかもしれない。

どこまでも続く板塀が途切れたと思うと半地下の部屋へと伸びる階段のまえで大家がわざとらしく手を挙げる。業者が連れてきた客であればひとまずは警戒しないし、それが日本人であればなおのこと歓迎である。大人しくて金払いがいい。それどころか金を払わないという選択肢がないようだ。なるほどつい先日、日本に留学していたイギリスの女の子が殺されて、しかも犯人は行方をくらましていて、余罪もずいぶんありそうだとかいう、身の毛のよだつ報道もあったけれど、そんなものは悪夢のような例外に過ぎない。店子としてみるかぎり、これほど扱いやすい国民はない。おまけに、死んでいるのではと不安になるほど静かだ。うっかり飲み過ぎて、あるいは飲まされ過ぎて、語学学校で知り合った東欧だか南米だかの男に犯されているあいだも、犯されていることよりも男が勝手にかけた音楽が大きすぎることが気に掛かるのだが、それも大家からすればよかったあの娘は死んでいなかったと思う程度の音量でしかない。和姦であったはずがその後もよそよそしいので気味悪くなって男はもう訪ねて来ない。娘はもう語学学校の飲み会には出なくなる。もとより査証《ビザ》を取るための工作に過ぎないのだ。その代わりピカデリー・サーカスの日本人御用達の商業施設で、即席麺と先月の週刊誌を定価の四倍で買って、同じように語学学校の飲み会に出なくなった日本人たちの付かず離れずの世間話を、すこし離れて静かに聞いている。

半地下の空間は、部屋の上半分だけとはいえ地面を見上げる三面がほとんどすべて窓で、ぐるりとめぐらされているカーテンというよりは暗幕のような布を引けば多少は光が入るのだろう。

「今週には出るはずだから」

という現在の住人は留守だが、あまり会いたいとも思わない。机のうえの小銭を貯めてある罎《びん》は埃まみれで、トイレは流していなかった。

「百九十ポンドで……光熱費は……治安は……」

という大家の説明はちっとも耳に入ってこない。半地下で埃まみれでトイレを流していない部屋に住みたい人間などいないだろう。埃は払えばよく、トイレは流せばよいのだが、部屋は出土しないし、そうすると埋没したままの印象のなかでは埃も糞便もhere to stay《消せやしないの》である。

「百九十ポンドで……光熱費は……治安は……」

と営業は心持ち眉根を寄せて通訳する。その通訳の出来を採点する気にさえならない。ただ相槌を打っている。質問もない。

「本当に日本語はいいわね、平和で」

暇を持て余した大家が口を挟む。平和なのではなくて平らなのだ。

「周囲の環境も考えると、あの部屋でその家賃はすこし高いですね」

駅までの緩やかな坂道をのぼりながら営業にそう言ったときの僕の口調もやはり平らそのものであった。「きょうもいいお天気で」と言うのと同じ調子で「末代まで呪うからな」と言える言語は貴重である。

「ちょうど学校などが始まる時期で……」

と相変わらずもやもやした言訳をする。通訳するまでもなく僕が大家の言葉をすべて理解していたこと、それどころか sneering at her poor choice of words《その語彙のなさを笑っていた》ことにも、さすがに気づいたようだ。何しろ営業から見れば、僕の鼻はイギリス人と同じくらい高い。だがイギリス人から見れば僕の目はさほど落ち窪んでいないし、かなり黒い。やはり黒くてまっすぐな髪とあいまって、東洋人としか判断のしようがないのだ。

　すると当然、僕は詐欺の対象にもなる。ナイツブリッジの辺りにゆけば労働者階級の薄汚く肥満した女が Konitiwa と合掌しかねないほどのにこやかさで擦り寄ってくる。聞いたこともない団体への寄付を募ろうというのだが、女が油臭い口を開くまえに Why the《なんで》 fuck maun I?《おれがよ⁉》と『チャタレイ夫人』仕込みのダービシャー訛《なま》りで睨みつけるところのうえなく不愉快そうな顔になって醜いこと限りなしである。だがこちらも進んで危険な目に遭いたいわけではないのでときにはただ黙っていることもある。というよりも、傍観しているほうが楽しいときが多いのだ。

何度か英語の面倒を見た官僚が下宿していた郊外の日本人専用のフラットの庭で肉でも焼こうというので誘われて夜になった。日系企業の技術者やら引退した大学教授やらとは話すこともとくになかったが食費は浮いた。官僚はまだ電車はあるだろうと言い、そう言いたくなるのも当然の時刻だったがダービシャーでもあるまいに終電はもうないと駅員が言う。仕方がないから街灯もまばらなバス停で待っているとヴィクトリア駅のほうまでゆくのが来た。同時に辞去した日銀の幹部候補とほっと胸をなでおろす。この男はなぜか背後霊のように僕についてきていた。円建ではなくポンド建で給与をもらい、ベルグレイヴィアの高級フラットに住んでいると胸を張っていたのだから、日銀のおごりでタクシーに乗ればよいだけの話だが、客嗇《けち》という以前に想像力も思考力もなく、人気のない郊外の住宅地にタクシーを呼ぶだけの英語も知らないのである。だから僕のようなのが英会話でもしましょうかと持ちかけると喜ぶがどうしたわけか日本の物価に毛の生えたような謝礼しか寄越さないので役人のおこぼれに与《あずか》っているという実感はまるでない。

そのバスは南回りでエレファント・アンド・カッスルなどを通る。城を背負った象の図柄を看板に掲げた宿屋兼酒場があったからその名がついた。テムズをすこし溯《さかのぼ》ったワールズ・エンド《さいはて》もそうだが、この街では赤ちょうちんの屋号がそのまま地名になる。なかでもエレファント・アンド・カッスルは駅前で銃声がする部類の町域だから日銀氏の生活圏にはこれまでもこれからも関係がなく、彼の人生でこれが唯一の訪問ということになる。住人たちがそれを見逃すはずもなく、重厚な拍子と甲高い合いの手を折り重ねた音楽と古くなった油で揚げた鶏の臭いをまとって青いビニール袋をむやみに下げた家族連れやら、話しているのか歌っているのかわからない、目と口のまわりが黒々とした青年たちが乗ってくる。鮨詰めになってきた最後の頃合いで飛び乗ったのは白い運動着に白い髪を伸ばした男で、もう老人といってもいいが肉体はまだ曲り角の手前で見るからに腕っぷしが強い。動き出すバスに合わせてよろめきながら奥へ奥へ、こちらへこちらへと進んでくる。ちくしょう、ずいぶん混んでるじゃねえか。酒臭い息の下でそんな感慨を舌打ちに翻訳している。チッチッチ、

「Chink《ちゃん》, chink《ちゃん》, chink《ちゃん》, chink《ころ》」

うるせえな貧乏人、Her Majesty's charity《女王陛下の福祉精神》にすがる穀潰しのくせに、移民に文句を言える立場かよ、などと反論する者はいない。このみっともない腹を突き出した爺どころか、体力の有り余った何百万という五体満足の青年たちが、中等教育を了《お》えたあと働きもせず飲み暮しており、ほかでもない国家がその呑んだくれどもの面倒をしっかりと見て、それ

でも欧州最大の経済を維持できているのだから、この紛れもないアングロサクソンの爺がバスに乗り合わせた相手を傲岸不遜にもちゃんころ呼ばわりするのも無理はない、と納得もした。少なくとも日本ではアルコール中毒の失業者が公共交通機関を堂々と利用して、そのついでに人種差別をして悪びれないほどには民主主義は浸透していない。チャーチル曰く、民主主義は最悪の政治形態である。ただし、これまでに試みられてきたあらゆる政治形態を除いて。

もちろん訪問者である我々にも同様の自由が保障されている。だから白豚がちゃんころと言ったときに最も直截に意識していた相手であると思われる日銀氏が、いかに自分が世界に冠たる経済大国のエリートであり、君の態度は僕が将来大物になったときに国益の損失に跳ね返る可能性があるのだよ、とずり落ちた眼鏡を突き立てた中指で持ちあげながら(というのも英国風に裏返しのVサインをしてはレンズに指紋がついてしまうからだが)滔々《とうとう》と述べることに一抹の期待を寄せないではなかったが、そうだこの蚊とんぼみたいなマザコン野郎はそれほど英語ができなかったのだ。職場や高級住宅地ですれ違い、何となく愛想笑いは浮かべるものの自分をまったく男性としては見ていない、自分より十五センチも背が高く胸も大きな金髪の女たちの顔を、夜になるとなおさら浮かんでくる母親の顔ときまぜて千摺《せんず》りしているこの男に聞き取ることができるのはせいぜいRP《標準語》であり、コックニー《下町言葉》などもってのほか、エスチュアリー《その中間》でさえ危うい。話すほうはと言えば、一マイル四方に百の方言があるとも言われる大英帝国に福澤諭吉や夏目漱石（と新入りの野口英世）を魔法の絨毯にして乗り込んできた日銀氏に猿真似ができるのはアメリカ英語だけで、そんなものはすこしでも屈《かが》めばずり落ちたズボンから見えてしまうこの爺の尻の割れ目ほどの価値もない。それなら新渡戸稲造と手をとりあってアメリカへ行けばよかったのだが、クエイカー教徒になってぶるぶる震えながら武士道について本を書くような器用さをこの男が持ち合わせているはずも――。

「あ、この辺からバスを乗り継ぎます。はい、ではまた！」

と僕は降り、それきりである。赤貧ということを理解できないまでも想像すらできない男たちが新渡戸稲造の後継者に樋口一葉を選んだのだと思うと、おそらく未来永劫、彼を庇う気持など湧いてはこないだろう。

一方、何度も会っていてそれでも嫌いになれないひともいて、例えばコヴェント・ガーデンに紅茶の専門店がある。とくに土曜日のこの一帯はまったく人工的な、遊園地のような雰囲気で、かつての市場跡を改装した店舗街に居を構えるその店を任されるのは悪くない。少なくともCroydon facelift《すごいひっつめ髪》のchav《ヤンキー》はこの店には来ないし、来たところで、明らかにどの客よりも、店員の自分よりも身分が低いのだから、鄭重に扱ってやる必要もない。

チューブで隣に座られて、尻というよりも腰骨で体重を支えて大股びらきの仲間同士、子音をほとんど落とした init《だべ》 と like《つーか》 と ynowaddaimean《わかるっしょ》 を鶏のようにつっかえつっかえ交互に発する場面に出くわすとなぜかこっちが遠慮しなくてはいけなくなるのだが、ここではすこしでも不穏な動きを見せたとたんに警備員を呼んでやればいい。私が呼んで、あいつらが捕まる。いつもは寝ているような顔のくせに、機動隊みたいな大げさな制服で客から不審者に格下げされた人間のまえに出るときだけ生気を取り戻す警備員は、この私に仕えているのだから。Is everything alright, madam?《どうかなさいましたか》

僕は紅茶はきらいではないが、何も専門店に通うほど研究熱心なわけでもなければ少しでも安いほうがよいのだから、買うなら近所で済ませるのが正しい。Waitrose《高級スーパー》よりもSainsbury's《普通のスーパー》よりもTesco《格安スーパー》で。それでも月に一、二度ここへ顔を出してしまうのは、日銀氏に引き合わせてくれた官僚が修士号を取るために在籍している大学がこの裏手にあり、月に二、三度そこの自習室で彼に英語を教えているからだ。それがいつも土曜日で、彼女も土曜日に店に出ているという偶然が、これまでのところかなりの精度で折り重なっていたのである。

——Would that be all?《以上でよろしいですか》 Eight pounds fifty pence, please.《八ポンド五十ペンスです》

と最低限の台詞を吐く彼女のアクセントは柔らかい。アメリカ人の真似とは言われたくないもののロンドナーには到底なりきれていない。まずは演技をすればよいだけなのに、そこに抵抗を感じてしまう時点で、いや、そもそも演技の是非について考えてしまう時点で、移民には向いていないということになるだろう。とはいえロンドナーのうちでもeight quid fifty p《八両五十銭》などと言いがちな部類になりきってしまえばかえってこんな小ぎれいな店では歓迎されなくなるから、外国人でいるのがちょうどいいのかもしれない。

パリへ留学（あるいは留学という体の、working holiday《働く休日》という、撞着に満ちた、謎めいた制度による滞在）をする女の子たちだけが罹《か》かることのできるパリ症候群という病気があるらしいが、ロンドン症候群についてあまり聞かないのは、まだしも公教育で英語と腐れ縁だったおかげなのだろうか。パリでは隣の部屋から白人のつがいが愛のいとなみに喘《あえ》ぎながら、日本からやって来た貧相な留学生を嘲笑う声が聴えるようになると末期で（どんな声なのだろうか？ Oui, oui, baise-moi, à propos, qu'est-ce qui ne va pas chez cette fille Japonaise? ou était-elle Chinoise?）、そうなるともうエッフェル塔から飛び降りるよりほかないのだが、新婚旅行でグアムへ行っただけの両親に自分の後始末をさせるためにパリまで来てもらうのもあまりに親不孝なので（そしてもちろん死ぬだけの覚悟があるはずもないので）、すこし早めに遊学を切り上げることになる。

たとえロンドンであっても、異邦というものはいざいたくなくなればそれが自分の国ではないという直観だけで耐え難い場所に様変わりすることは当然で、蓄えを削ってまで女王の客人でありつづける必然性はないのである。おまけにエッフェル塔がないから飛び降りることもできない。もう自分にはやるべきことがはっきり見えているのだから無理にここにいる必要はないのだ。弘法大師だって漱石だって留学を短縮しているのだから、私だってそうしても問題ないはずだ。

——Tenner.

Tenner は ten pounds《十ポンド》よりもずっと短いし彼女にもきちんと通じているのがわかるからルビをつけずに渡す。彼女が何者であれ、こうして紅茶を売って稼いだ金で学費や生活費を補っているのだろうから立派なものだ。それに比べれば履歴書に官費留学などと偉そうに書いてある連中のほうがよほど眉唾で、せいぜい二、三ヶ月、安アパートか学生寮と映画館のあいだを往復しただけでそそくさと帰国し、あとは母校の研究室でとぐろをまいておれはあっちでストリップに通って酔っ払って喧嘩をしたと吹聴し、非常勤講師などしながら三、四、五年目にようやくでっち上げた形ばかりの二度と日の目を見ない論文を提出して欧州の名門大学の博士様になるわけだが、半世紀後の自叙伝ではどういうわけか爪に火を灯した清貧の修業時代、私は二度と日本の土を踏まない決意で、と書き換わる。こいつらには何を言うときにもルビが必要だし可能なかぎり口語や略語は避けて辞書に沿うのがいい。Ynowaddaimean.
——Ta.
ありがとうをこのように言ったのは彼女も僕に対してルビなしで対抗しているのかもしれない。この店へ来るたびに、彼女は僕が本当は日本語ができる人間なのではないかと危惧している。日本語が好きな外国人であればそれをきっかけに乳繰り合うようになるかもしれないとか、そういう浮ついたことではなく、妙にバタ臭いところがあるがこいつはただの英語の物真似がうまい日本人ではないかということで、そういうやつにかぎって君の英語はまだまだ、などと抜かすかもしれないことへの危惧である。僕もそれを感じるから意地でも日本語は話さない。女王陛下のお膝元にいるかぎり、の誓いは、同郷の者に対しても有効なのだ。それでも僕は日本人を食い物にしている日本人よりも日本人の税金で暮している日本人よりも日本人を留守にして働いている日本人のほうが好きだ。
——Cheers love, bye.
と言いながら店を出たが、ここだけの話、英国人の大好きなlove、つまりお嬢さんとお姉さんとご婦人の中間のような、女性を軽視するようでそうでもなく、女性上位のようでそうでもない、日本語に負けじと曖昧で島国的なこの言葉を使ったのはこれが初めてだ。だってlove《愛》などと口にするのは恥ずかしいではないか。

駅までの道にはヴィクトリア朝時代の建物がことのほか多く、当然ながら僕はその時代について考える。いったい区画ごとに特定の時代の痕跡を誇示するという街づくりは他所《よそ》ではあまりお目にかかれないもので、つまりロンドンという街はその舗道を歩く者を容易く時間旅行に誘う。僕はもうヴィクトリア時代にいて、そのとき思い浮かぶのはうっかり死なせてしまった七人目の子供を埋葬するまえに膝に抱いて記念写真を撮りたいばかりに、昼はベッドのうえ、家族がベッドを使う夜間は食卓に安置した遺体がすこしずつ腐ってゆく儚い匂いではなくて、路地裏に擦り切れた毛布を敷いたうえに膝を突いて三志《シリング》で犯す娼婦たちのえげつない口臭のほうだった。都会の喧騒に疲れたら子供時代から夏を過ごしているサリー州の農場へゆく。朝方、積わらの陰で小便をしているところを見かけた豊満な娘たちと昼にまた会ったので、すれ違いざまにエプロンの紐を引っ張ってやる。優しく微笑み、話がつき、小便の乾いた陰で白い腿と腹を抱き寄せると、shove on, I was just coming, fuck her later と容赦ない。羽虫とわら屑が風に舞って光る匂い。

　チューブが僕を最寄駅まで送り届ける。Alight here《ここでお降りください》 とか mind the gap《広くあいているところがございます》 とか、イギリス英語のなかでもとくにイギリス英語を話さない人間が耳にするとはしゃぎがちな語彙が多いのは、それだけ公共交通機関が生活に根ざしたものだからなのだろうが、さすがに僕もその生活になじんでしまい静かに queue《整列》 している。帰国までの日数を思い出して、それを二十四で掛けて時間数に直したり、さらに六十で掛けて分数に直そうとして挫折したりしながら、あとは何をしようかと思う。

部屋に帰ると警察官が三人いた。紅茶店の警備員のいんちき臭い制服ではなく、白線の入った硬い、そりかえった帽子だとか、徽章《きしょう》だとか無線機だとかが、入り組んだ刺青のようにに眼前でちかちかしたかと思うと、後ろ手に手錠をかけられる感覚が走るのと同時に踝《くるぶし》を外側に蹴られて股がひらく。娼婦たちのことを粗暴に扱う場面を想像したので罰が当たったのか、それともテロリストだとでも思われているのだろうか。仮に小児性愛者として勾留されたとしても、証拠不十分で釈放されるだろう。確かに鞄にはラスキンが一冊、入っているけれど、

「ねえ！　あの遊びをするの？」

と訊かれたときも、

――Shly try?《やってみせようか》

とは答えなかったのだから。

秋の夜長の夢

ド・ポワソン著

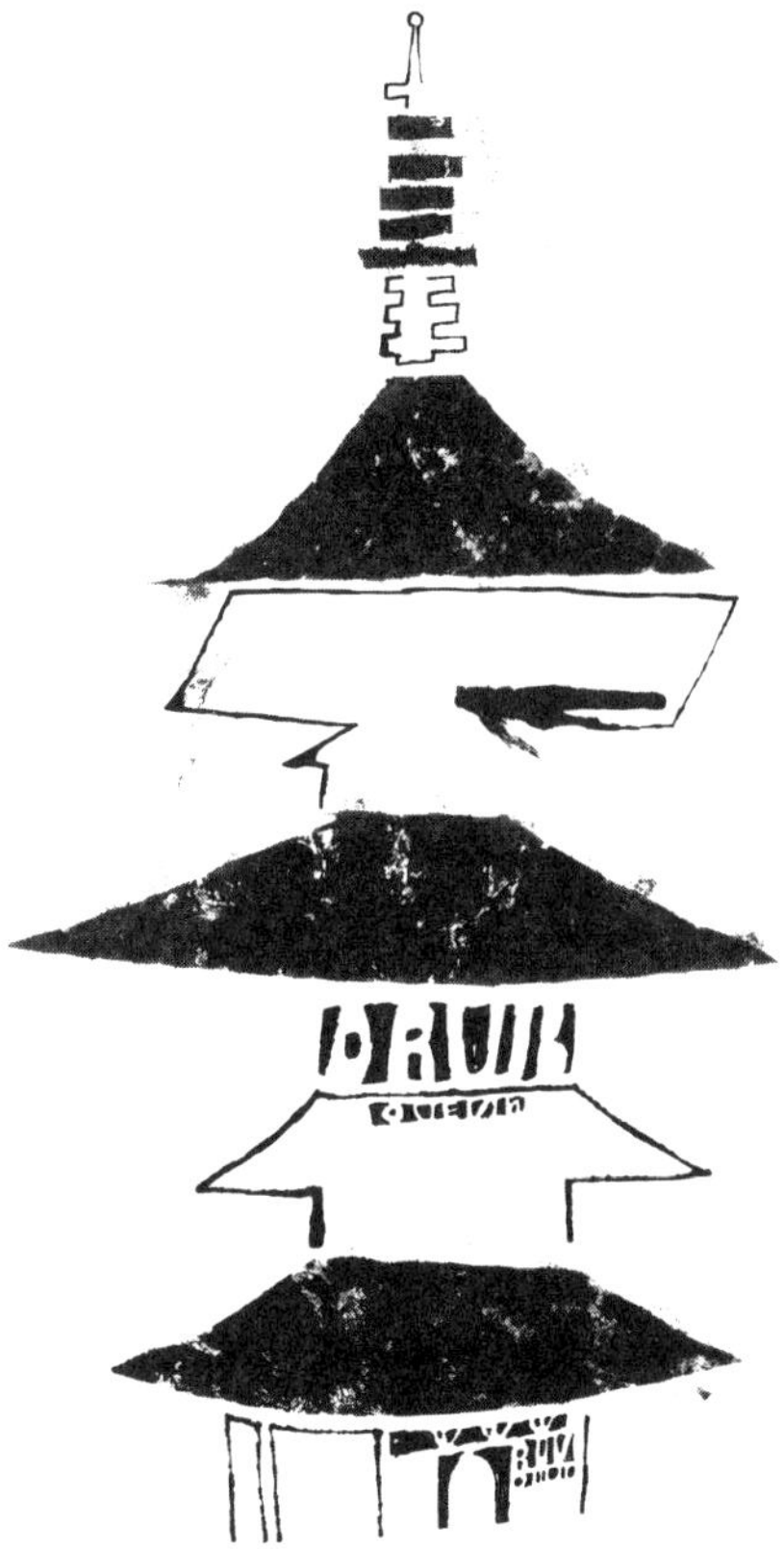

私がこの秋ついに東洋の地を踏むに至った感情の流れを、いかに説明すればよいだろう？――いま「感情の流れ」という言葉を選択したことが、すでに多くを物語っているかもしれない。人生における決断は、例外なくと云ってよいほど、気分や思い込みや直観によって下される。重要な決断ほどそうなのだ。だが私は文筆家として、また学者として、記者としての責任を果たすためにも、その感情の流れとやらをもうすこし詳《つまび》らかにしなければならないだろう。ちょうどトーマス・マンが南国への旅立ちをそのようにして説明したように（『ヴェニスに死す』の語り手が主人公のヴェニス出発への経緯を語る箇所を指すか）。

ワイルドの指摘した通り、我々西洋人が憧れ、文明の苦悩から逃れるための救護院、あるいは魂にまつわりつく足枷の重い鎖を断ち切ってくれる聖なる刀のように考えている東洋など、初めから存在しないのかもしれない。我々はこの問題を東洋人にあてはめてみることをしないが、彼らもまた西洋に対して似たような思いを抱いているのだろうか。いや、あるいは、我々よりもはるかに高い識字率と、ずば抜けた衛生観念を持っている日本人などは、その高貴な心で、むしろそのような憧れが独りよがりのものに過ぎないことを疾《と》うに悟っているのかもしれない。そして、今日でも中世に変わらず、我々のことを野蛮人と見下しているのかもしれない（室町時代末期以降、日本人が渡来した諸外国人を「南蛮人」と呼んだことを思い起こしているのだろう）。そうだ、いまのうちに断っておかねばならないが、私にとって東洋とはあくまでも日本なのである。日出処《ひいずるところ》、八百万の神の坐《ましま》す国、日本なのである。

一口に東洋と云っても、そこに多くの国家が含まれていることはむろんである。ただその多くについて、実際のところ我々は、新世界やアフリカの小部族に対するような神秘的な好奇心と、それ以上の優越感とを以て、あたかも「学者豚」の見世物（一七八〇年代のロンドンで流行した見世物。あらゆる言語を話し、難解な算術をこなし、作曲家でもあったという豚。その知性は詩人ロバート・サウジーによっても賞賛されている）のまわりに集まる群衆の一人のような気構えで対峙しているに過ぎない。要するに我々は東洋についてほとんど何も知らぬまま面白がっているだけなのである。東洋のなかで我々がまだしもその方位と言語と文明について知るところがあるのは、磁器と唐紙と墨の中国と、陶器と和紙の日本（仏語のChine（中国）とJapon（日本）は、それぞれ普通名詞としてこれらの品物を指す）くらいのものであろう。私は中国という、この世界の中心に咲いた大輪の華に対しては何の文句もない。しかしその華も日本という一本の枯木の前では虚しく萎《しお》れてしまうのである。

東洋を神秘的な霧の奥に聳《そび》える一枚の岩壁のように見るのをよして、その隅々にむしている苔や、岩石のひび割れから首をもたげている松の一本一本を見るとき、日本はなんと纖細な光を放つことだろう！　動と静、生と死がコインの同面に併存するこの両性具有《アンドロギュヌス》の地には、傲慢かつ自虐的という稀有な精神構造をほこる民が育て上げた、儚いながら永遠の命を具《そな》えた作物が溢れかえっている。私がそれらの不思議な果実の香にやられ、すっかり重症の中毒患者になったのはもうどれだけ昔のことだろう……。葉隠《はがくれ》、茶室、徒然草！……

私は日本の或る芸術家が巴里《パリ》の街で生活したときの記録を繙《ひもと》いてみたことがある。それは実に痛々しい記録だった。彼は強固な自意識を持ったキリスト教徒でありながら、巴里に拒絶されたのである。例えば一人の婦人は「あなた方の国では箸という野蛮な道具を使うのでしょう？」と云って、憐憫《れんびん》の表情を浮べながら、彼に文明の利器たる銀器を持ち帰るよう勧める。婦人は箸がフォークとスプーンとナイフの機能を兼ね具えた優美な道具であることを知らないし、知ろうともしない。知ったところで、使いこなせるはずもないのである（これは遠藤周作の『留学』に見える挿話に酷似している。「訳者後記」参照）。おお我が西洋人よ、目を覚ませ！　箸は古事記にすでにその名が見える。それに引き換え、我々が金属の道具でお行儀よく食事をするようになったのはつい最近ではないか？　おまけに我々がすっかり自分たちの発明と信じ込んでいるこれらの道具を土中から掘り起こして発展させたのは、ほかならぬ中国人ではないか？

私はこの一挿話によって、何かを証明しようというのではない。ただ西洋人が東洋に対峙する態度は、往々にしてこの婦人のそれと同じだと主張したいのである。私は自分の西洋人たることを、仏蘭西《フランス》人たることを誇りに思っているし、神が常に我々と共にあることも信じて疑わない。だからこそ私はこの婦人のような野蛮人が、我々の恥を曝《さら》すことが許せないのである。

話を戻そう。

一言で云えば、私は常に冷静だった。狂わせるような香を嗅ぎながら、甘い眩暈を楽しむさなかにも、私はそれが必ずしも正当な、純粋な陶酔ではないことを忘れなかった。歴史家、思想家としての私は、日本が西洋の先進国と比べてもまるで引けを取らないどころか、多くの分野では世界一とも云えるほどの技術力を持っていることや、東洋人が数千年もまえから理解している自然の摂理（それはもはや彼ら自身も忘れているような古い智恵だが）に、西洋人はこの百年間の科学と産業の発展と、宗教からの脱出を以てようやく追いつきつつあるという、おそらくまだほとんどの西洋人が気づいてもいない事実にまで、すでに思い当たっている。本来ならば、私はこの事実の浸透に尽力した上でこそ、初めて大手を振って滋味豊かな神酒《みき》を口にできるはずだ。私は社会に対してそのような責任を負っているはずだ。しかし陶酔の悦楽を前に、そんな理屈がなんだろう！　だから私はそれらの事柄を影のように無視しつつ、責任を超越したところにある自分勝手な陶酔に、敢えて身を投じて来たのである。例の婦人が束になったような野蛮人の村落で無駄な説法をするよりも、自らの快楽を選んだのである。私が侍のように〈私《わたくし》〉よりも大義を重んじた時代は、とっくの疾うに過ぎてしまった……

このような事情で、私はつい先頃まで東洋の地を踏まずに来た。エッフェル塔と違って東洋はあまりに遠かったので、わざわざこちらから近づいて、否応なく真実に目を灼《や》かれるような状況に陥る必要はなかったのである。書斎で馳せた甘やかな東洋への夢想を、本物の東洋で上塗りするには及ばなかったのである。私は傲慢な西洋人だから、自分たちよりも劣った民族の文化について好き勝手な意見を立てても、誰にもその正当性を脅かされる心配がないという特権を与えられているのだ。

つまるところ、もしも役人としての立場が日本側との交渉の任を私に与えなければ、私は終生、欧州を出ることはなかっただろう。私はこの提案にすぐに飛びついたわけではなかった。上司はモネやゴッホを生んだジャポニスムの洗礼を私もまた受けていることを知っていたからこそ、白羽の矢を立ててくれたわけだ。――もちろんこれは誤解である。ジャポニスムとはなんと嫌な言葉だろう！　しかし口を酸っぱくして説明したところで、上司に私の云わんとするところが伝わる望みはなかった。

とまれ、日本行きが決まった。繰り返すが、これは実に危険な罠だった！　これまで私は内から醱酵した愛を以て東洋と向い合っていた。それが今度は外から東洋に働きかける、一人の西洋の化身とならねばならない。そうなれば畢竟《ひっきょう》、私はあの野蛮な婦人の立場に近づかざるを得ないだろう。そしてそのような苦い堕落を仮に乗り越えることができたとしても、もはやあの陶酔は二度と帰って来ないかもしれないのだ。だが、だが、だが……どうして私に断ることができたろう？

＊

長い船旅は私を疲弊《ひへい》させた。視界の果てに現れた夢の島の幻影を目の当たりにしても、私の心は驚くほど騒がなかった。努めて平静を保とうとしたことは事実だ。しかしそれを成し得てしまったということが――日本列島のうるわしい爪先を眼前に控えても興奮せずにいられたということが――私を少なからず落胆させた。冷たい海風と不安とが、体を震わせた。

港から自動車に乗った。途中からは日本側のはからいで俥《くるま》にも乗った。大型のやつで、二人で乗っても狭苦しいということはなかった。黒い幌と、法被《はっぴ》を着た車夫の紺色の背中のあいだを、急速に変わりつつある首都の景色が流れて行った。私の心もまた徐々に、いや、やはり急速に、上向きに鼓動し始めた。

おお、なんという不思議……それらの景色にはすべてがあった。私の陶酔していた東洋、私が見ることを望まなかった東洋、そして両者を合わせたよりもずっと多くの、まだ見知らぬ東洋……。なるほどこれは当然のことかもしれない。だがもしこの三種の東洋が、私の心中に波風一つ立てることなく、見事に調和していたとしたら？　ああ、私にはわかっていたはずだ、日本でならこんな体験ができると。私はそれを期待のしすぎと思って打っちゃっておいたのだった。ところが！　期待は簡単に報いられ、期待以上の現実が、まるで市場の親爺《おやじ》が乱暴に投げ返す釣銭のように、私の鼻先を打ったのだ。その小銭にはこう彫ってある、「何様だ？」と。つまりこういうことだ――「一体おまえは西洋の図式を崩さぬまま、この国を理解するつもりでいたのか？　禅を知らぬのか？　好い加減に物事を整理かごに入れて眺めるのをよして、雑然とあるがままを見つめてはどうなのか？」――その通りだ。私はなんだか早くも東洋に打ちのめされた気がした。

それで私は、かえってすっかり開き直ってしまった。ごく普通の西洋人が観光するときのようにホウと唸ったり手を叩いたりしながら、高いビルディングがあれば「あんなに立派なものは巴里にもない」と云い、神社があれば「あそこにはどんなカミサマを祀りますか」と尋ねた。私の言葉がわかるはずもない車夫は振り返って笑った。横に坐っている私付の通辞も、ようやく私の緊張が解けたものと見てにこやかに笑った。通辞といえば、私は彼を雇わねばならなかったことを残念に思う。もしも、山を動かしたキリストの言葉よりも力強い、天地《あめつち》をも動かすという大和の言葉（紀貫之による『古今和歌集』の「仮名序」参照）を使いこなすことができたなら！　しかし意固地になっても詮《せん》ないことだ。それに通辞君は実に巧みに立ち働いて、私の仕事を大いに捗らせてくれた。（そのうえ彼は、このあと私の人生そのものに大きな影響を与えるのである。）

　宿は、上野というところにある豪壮な建物で、私に云わせると、日本式の美に若干の西洋的機能美を配色した、ちょっと「文化住宅」のような趣のある建築であった。

　部屋へ荷を解くと、通辞君と入れ違いに、宿の女将《おかみ》さんが茶を持って挨拶に来た。下で出迎えてもらったときに彼女がここの女主人だと聞いたのでそれは間違いない。支配人が直々に部屋へ給仕に来て頭を下げるなぞは、礼節の国ならではである。しかし困ったことに、私と女将さんとでは言葉が通じない。咄嗟に通辞を呼び戻そうかとも思った。だが私はすぐに座椅子（これは床にべったり貼りついたような椅子で、脚のやり場に困ることを除けば、慣れない者でも楽に畳に腰を落ちつけることのできる簡便な発明品である）に浮かしかけた腰を戻した。女将さんの差し出した茶と彼女の深いお辞儀、それと母のように静かな笑みが、その云わんとするところを余さず私に伝えていたからだ。彼女はただ専一《せんいつ》に、私がのんびりと旅の疲れを癒すことを求めていたのである。おお諸君、諸君はこうもはっきりと、心の言葉が脳髄の言語を越える瞬間に出会ったことがあるか？　私は胸を打たれて、しばらく動くこともままならなかった。それからようやく自由を取り戻すと、自分にできるかぎりの真心で以て、笑顔と辞儀とを返したのである。

　そのような交歓を経たのだから当然のことではあるが、それから夜の更けるまで、私は肉体と精神とをゆっくり休めることができた。いつぞや万博の日本館で、まるで浪漫主義の交響曲のような虫の音を再現した出し物を観たことがあったが、本物の美しさはその比ではなく、*Homoeogryllus japonicus*（スズムシの学名）や *Velarifictorus micado*（ツヅレサセコオロギの学名）の羽音は魂を揺さぶりつつ、私の胸の底から古い記憶――喜びや悲しみ――を引っぱり出し、一緒くたに煮つめて、旅疲れの西洋人を慰めた。その心地よさに酔いながら（ああ、それはもはや純粋な陶酔だった！）、下働きの可愛いムスメが思わず笑い出してしまうほど何度も茶のおかわりを頼んで、私は日本の永い夜を過ごした。

　やがて別の女中が来て、にこにこしながらもすばらしい手つきであっという間に蒲団を延《の》べて行った。障子を閉《た》て、灯りを消し、眠りの準備が整った。

　もしもこのあとすぐに私が寝入っていたら、私の東洋紀行は個人のすばらしい思い出として大切に蔵《しま》い込まれたまま、諸君の目に触れることもなかっただろう。このとき、私が月に照らされた座敷で或る異変に気づかなければ……

部屋の鴨居（これは著者の思い違い。襖のことであろう）には、こちらでありがたい植物とされている松が描かれていた。私は見るともなくその鴨居を眺めていて、ふとその松の幹の一本に、縦に切込みが入っているのを見つけたのである。御存じの向きもあるだろうが、日本の建具《たてぐ》は多くが紙を用いている。いくら丈夫とはいえ紙であるから、時間やおっちょこちょいや酔払いの被害にあって破れないとも限らない。日本人はものを大切にすることでは特に有名である。この鴨居もすぐに修繕に出されるのだろう……

それだけのことを考えて、私はもう寝ようと思った。しかしそのとき、私はその切込みからほんのわずかに、白い紙片が覗いているのに気がついた。

幸い、私はその理由を巴里に滞在していた日本の財閥の後継者から聞いて知っていた。鴨居を修繕するときには、より頑丈にするためと、表面に張りを出すために、反故《ほご》を詰込むのである。ということは、いま私の目の前にその頭の先をちょこっと見せているこの紙片も、日本人にとってはただの反故でも、私にとってはすばらしい記念品となるかもしれないではないか！　そもそも浮世絵にしてからが、焼物を包むための屑紙として、ちょうど私たちの場合の新聞紙のように用いられていたところを見出され、世界芸術として認められるに至ったのだから！

翌朝まで待って女将さんに頼めば、こんな反故を手に入れることは容易かっただろう。しかし気づいたときには、私の手には好奇心で研ぎ澄まされた小刀の銀の握りが汗に鈍く光って、哀れな鴨居を切り裂きにかかっていた。

＊

さて私の東洋紀行はここで擱筆《かくひつ》しなければならない。何故ならここから先は、一人の文学者が世界の果てで妖しい香を放つ宝石を掘り出したという出来事の記録であり、西洋人の外交官が東洋についての見聞を広めてどうしたこうしたという凡庸な事業は、それを前に放擲《ほうてき》されて然るべきなのである。

これは修辞法でもなんでもない。現に私は翌日から仕事に関してはまったく上の空で、何事も手につかず、物事が自然に落ちつくところへ落ちつくのを傍観するという形で、ひどく消極的に話をまとめて帰ったのである。私の今回の働きぶりが祖国の双六《すごろく》を有利にしたのか不利にしたのか、それすら私にはわからなかったし、自分でも呆れるほど興味が持てなかった。それがもしも後者で、そのために私の立場が悪くなっても、そのときはそのときである。私も永遠の命を授けられているわけではない以上、そろそろ晩年の日々をいかに送るのか、見通しを立てねばならないところへ来ている。私はこれを機に、いっそ社会的な立場をすべて擲《なげう》ち、残された時間をムーサたち（ギリシア神話における知的活動の女神。複数おり、それぞれ詩や音楽を司る）と過ごそうとも思うのである。

　では、私をそんな気にさせた、あの鴨居の奥から竹取翁《たけとりのおきな》の娘のように現れた神託について語ろう。

　その紙片は素人の目から見てもあまり上質ではなく、細かい、神経質そうな字――それも題字などを除いてほとんどは毛筆ではなくインクで書かれていた――がびっしり並んでいるだけだった。私が少なからず落胆したことは云うまでもない。しかしさんざん東洋的な思惟を礼賛しておきながら、物事をその外貌だけで判断することはよろしくない。要するに私は期待を捨て切れなかったのだ。おかげでまだ明るいうちから積み重ねた芳醇な休息をおじゃんにしてしまうほど私の神経はいきり立ち、外出するときに鏡を覗くと、砂漠で寝ずの番をした兵士のようにざらざらした顔が映っていた。

　その日の最初の用談が済むと、幽《かす》かながらも瑞々しい期待に瞳を潤ませながら、私は通辞君の袖を引いた。

「作者の名は、鳥瞰窟主人（原文はTcho-kainkutu Suzine）とあります」

　紙片の来歴を聞き終えて、私が懐から出したものを受け取った彼はそう云ってしきりに首をかしげた。鳥瞰窟というのは、洞窟でありながら鳥のように周囲を見降ろすことができるという雅致ある場所で、そこの主人、という意味に取れるそうだ。通辞君がさらに云うには、このような文人趣味の号を持っている芸術家ならば同じく鳥瞰窟という名のサロンでも開いていそうなものだが、自分は聞いたことがない。だがちょっと目を通しただけでも本文の言葉遣いは非常に新しいものであるから、十年より前に書かれたものではあるまい。とにかく擬古的な号と相容れぬ先進的な言葉で詩が書いてあるのは面白いので、ぜひ協力したい。と、通辞君がこちらで求めもしないうちから助力を申し出てくれたので話は早かった。もし頭の固い男であったら、こんな自分の任とは何ら関係のない相談には肩透かしを食わせるか、見当違いの意見を述べて早々に逃れようとするところである。これは後でわかったことだが、通辞君も相当文学をよくする男であったのは勿怪《もっけ》の幸いであった。

その夜から、通辞君は晩餐会や演奏会のあとも私についたまま宿へ寄って、翌日の予定に支障を来さないぎりぎりの時間まで、私と共に詩を翻訳してくれた。といっても、今回の仕事はすべて通辞君の手柄に帰すべきである。私はただ翻訳された裸の言葉を、フランス語においても意味を成すだけの詩とするために、多少の数学を行ったに過ぎない。

翻訳というものについてすこしでも考えたことのある者になら明らかであろうが、詩の翻訳は、端的に云って、小説のそれよりも難しいものである。なぜなら詩では言葉の音がすでに重要な意味を持っているので、意味を移し変えるだけでは足りないのだ。意味は辞書でいくらでも引くことができる。しかし意味の大凡《おおよそ》の形を保ったまま、音をも活かすというのは、これは至難の業である。かといって、とりあえず意味だけを翻訳して、十も二十も注釈をつけ、原文ではここところが韻を踏んでいる、などと補ってしまっては、大いに読者の感興を削ぐことになるだろう。

だから私は意味を通したまま、なるべく音の次元の面白さも伝えんがために、敢えて大胆に単語を差し替えたり引きちぎったりした。この作業を完遂するのに、通辞君と私とは互いにとってなくてはならぬ存在であった。私たちは昼間の責任など完全に忘れ去り、夜の仕事に精を出した。そしてたっぷり七晩をかけて、一枚の紙きれに細字で縫いつけられた一篇の詩を訳出したのである。

帰国の朝、私と通辞君とはそれぞれ訳稿の写しを懐に蔵して、堅い握手を交わした。そのときの私たちは外交官と通辞ではなく、一組の仕事仲間、一組の詩人仲間であった。私たちのあいだには、何かあの女将さんとのあいだに生じた心の会話のようなものが、さらに幾層倍も昇華された涼しい心の風となって、流れていたように思う。私たちの友情はこれから先も揺らぐことはないだろう。

しかし感傷的になるのに、諸君を巻込む必要はあるまい。私はここに、一つの騒ぎを起こしに来たのだ。東洋に生れ、浮き世の懊悩に逆らうことなく、おそらくは儚く流れ去って行った奔放な詩人の、醜聞《しゅうぶん》ともいうべき蛮勇の詩を、お目にかけるために来たのだ。しかしこの醜聞は、なんと美しいことか！……

＊

炎のように
帆のようにはためく袖を見上げながら
あなたの檣《マスト》にしがみつきたい
元寇のあらくれ海賊のようなあなた
いらっしゃい
私は颱風なんか呼びやしないわ
さあ私の歴史を塗り変えて

雷のように

半陰陽《ふたなり》のように
二形《ふたなり》船に乗って現れた
あなたはホトトギス
いらっしゃい
私を日陰へ連れ込んで
私の火陰《ほと》と接吻《キス》なさい

水のように
見ずに過ぎましょう
はやく私と行きましょう
いらっしゃい
爆撃されたサーカス小屋の女団長は
燃える獅子に跨ってはいても
自分を鞭打つ癖がある
そんな女は放っといて
私と鞭打ちになるまで行きましょう

雲のように
蜘蛛のように絡みついた私たち
この糸はどこから来るのかしら？
いらっしゃい
ピレネーの熊は人に慣れて
芸まで覚えるそうだけど
まるで芸のないあなたでも
なぜか私にはいといとしい

雨のように
飴を舐めて溶かしましょう
甘いのは今のうちなんて云わないで
いらっしゃい
雨だってかまわない
舐められたら私は濡れて行くわ

海のように
膿のように濁り固まった
浮き世を呑み込んでしまいましょう
いらっしゃい
海賊の濁り固まった膿だって
私はすっかり呑み込むわ！

忘年忘月忘日　　　　　　鳥瞰窟主人記ス

訳者後記

　僕はこの文章を大英図書館で、一冊の図鑑のあいだから見つけた。その内容は図鑑とはまったく無関係であり、どういう事情でそこに紛れ込んだものであるのかは知る由もない。僕は字引なしで内容のすべてを理解できるほどフランス語の力に恵まれていないが、それが日本を訪れた外国人の記録という体裁を取っているということと、末尾に掲げられた詩がどうやらポルノグラフィーに属するものであるということはわかった。この二点だけでも、僕がその紙の束――便箋のような薄い紙が十枚――をこっそり自分の書類入れに捻じ込んで、何食わぬ顔で持ち出すには充分な理由ではないだろうか？　そして部屋へ帰ると、我ながらすばらしい勤勉さを発揮して、十枚の表と裏を埋め尽くした、幸いフランス人にしてはきれいな文字を、日本語に移し変えたのである。

　読者諸兄もお気づきの通り、出来上がったものはかなり面白いが、同時に、かなり眉唾なものである。まず、ド・ポワソン（魚の意。フランス語では「馬鹿」という言葉と切っても切れない関係にある）という名前にしてからが相当うさん臭いが、どんな名前を使うかは著者の自由なので、それは放っておこう。しかし以下の諸点に関しては、すこし考えてみるに越したことはあるまい。

I　いつ書かれたか？

十枚の用紙は、ある程度の時間を経て来ているような印象を与えた。どのような保存状態にあったにせよ、さすがに半世紀以上まえのものであるとは考えにくいが、僕の手に入れたものがオリジナルであるとは限らない、という可能性にも留意しておかなければならないだろう。これがド・ポワソン本人の手によるものなのか、それとも彼の信奉者によって写経されたものなのか、僕たちには知りようがない。また、極端な話、仮に前者だったとしても、ド・ポワソンがこれを書いたのが先週でなかったとは断言できないのである（ここをはっきりさせるには莫大な費用をかけて、科学的な検証を行わなければならないだろう）。

そもそもこのような疑問が湧いたのは、文章に登場する事物から連想される時代が、かなりバラバラだったからである。はじめに登場するマンやワイルドの名を見ながら読み進むと、これは二十世紀前半の文書であろうかという気がして来る。著者の論理的な言葉の運びも、まだ神秘的な感じに包まれている東洋への憧れを語る箇所も、それで辻褄が合う。しかしどう見ても遠藤周作の『留学』からとしか思えないエピソードの引用を前に、すべては曖昧になってしまう。しかも彼はこの挿話をどこで見たのか、漠然としか語らない。『留学』が翻訳されて（ド・ポワソンは日本語ができないということになっているから）彼の目に触れているのなら、それはここ二、三十年以内の話であろう。

更に読み進むと、彼は『古事記』なども読んでいて、相当日本に詳しいことがわかる。日本が「多くの分野では世界一とも云えるほどの技術力を持っている」とも言っている。古典を含め、ド・ポワソンの理解できる言語に訳された日本関連の文献が多数存在しており、なおかつ日本のイメージとして高い「技術力」という言葉が、そのままの意味で使われているとすれば、これはやはり戦後、それも高度経済成長も酣《たけなわ》の頃に書かれた文章と見るべきではないだろうか？

II　彼は日本へ来たのか？

仮にこの文書が書かれたのが戦後だとすると、著者がついに日本へやって来る箇所はなおさら創作的である。まず外交官がわざわざ船で来るのもどうかと思われるし、日本側がサービスで人力車を派遣するのもやりすぎであろう。これが戦前、あるいはここで語られる日本の風景により似つかわしい明治や大正の頃であれば、うなずけないこともないのだが……。とはいえ、描写される最小限の景色はどれも断片的なものである。もしもはっきりと一九七九年、などと日付が示されていれば、案外すんなり納得できるかもしれない。「文化住宅」のよう、と危うい比喩で形容される旅館へ草鞋《わらじ》を脱いでからはどうだろうか。襖（彼は執拗に「鴨居」と言っているが）に関する事件は、充分に起こり得ることだとは思う。外交官を泊めるような一流の宿の客室で、破れた襖がそのままになっているかどうかは甚《はなは》だ疑問であるが、彼は外交官の任務に関してはごく抽象的なことしか述べていないので、本当は一人でぶらぶら日本見物に来ただけだったのかもしれない。

Ⅲ　詩について

ド・ポワソンが一篇の詩のためにこの文書を書いたのなら、僕もまた一篇の詩のためにこの文書を訳出したのである。いつ、誰によって書かれたのかもわからない文書のなかで、鳥瞰窟主人という無名の日本人（鳥瞰窟主人という名前だけは、仮に嘘なら、よくぞ考えついたものだと感心する。実際にこの名の人物がいたのだろうか？）によって書かれたとされる詩に、僕もド・ポワソンの如く魅せられたのである。

この詩はいったい誰が書いたものなのだろう？　それは必ずしも知る必要のない事実だ

が、その方向性を探ることは罪ではあるまい。鳥瞰窟主人なのか？　では鳥瞰窟主人とは何者なのか？　彼の反故にした詩が宿の襖に宛《あ》てがわれていたということは、彼は宿屋か建具屋の関係者であるのかもしれない。もちろん全く違う見方もできる。すでに指摘したように、破れた襖をそのままにしておくのは不自然である。するとこの破れ目は、何者かによって故意につけられたものではないだろうか？　何のために？　ド・ポワソンに詩を発見させるためである。この場合、犯人は一人しかいない。それは積極的に詩の翻訳に協力した「相当文学をよくする男」、通辞君だ。彼は本国で確かな地位にある文学者である（らしい）主人公に、なかなか気の利いた手段で手っ取り早く作品を売り込んだわけである。

　だがこれらはいずれも座上の空論に過ぎない。この詩はもともと何語で書かれていたのか？　それは本当にド・ポワソンにより発見されたものなのか？　あるいはすべては、本文を書いた人物のお遊びなのか？　僕たちには知る術とてない。そして結局は、そんなことはどうでもよいのである。すべてひっくるめて、この文書の面白さなのだ。真実がどうあれ、末尾の詩は文句なしに興味深い。重要なのはそのことではないだろうか？

　詩の翻訳に関するド・ポワソンの見解には、僕もまったくもって賛成である。そして僕もいま訳者の立場で、読者に同じことをお伝えしなければならない。ご覧の通り、この詩には多くの掛詞《かけことば》が使われているが、それらを活かすために、僕もいくつかの言葉を足したり引いたり置き換えたりした。本来この詩は、ド・ポワソンが日本を訪れた時点で、「非常に新しい」日本語で書かれていた（とされる）ものである。しかしそれがいつのことかもわからぬ以上、そこにはこだわらず、内容に主眼を置いて訳出した。なお原文を掲げなかったのは、ド・ポワソンから引き継いだ悪戯《いたずら》心である。

＊

繰り返しになるが、この文書に書かれていることが事実かでたらめかということには、たいした意味はない。だがもしこれがフランス人外交官による紀行文ではなく、一篇の小説であったなら、その価値についてはどのようなことが言えるだろうか？

一つ注目したいのは、その自由奔放さである。この文書には時代の設定がない。よっていつ書かれたものかはわからないが、それを推理する愉しみがある。また、フランスでの時間と日本での時間が一致する必要はない（実際、例の挿話が遠藤周作からの引用であれば、フランスの部分の舞台は必然的に戦後でなければならないが、日本の部分に関してはそのように明白な証拠はない）ので、日本に憧れるフランス人が船に乗って過去の日本を訪れたのではないか、というような空想も生れて来るのである。

この文書には検証の余地がいくらもあるし、おそらくどの問いにも明確な答えの出そうにないところがまた面白みとなっている。最後に、これはほとんど直感だが、もう一つの可能性をご紹介したい。

というのは文末の詩が、ジョン・ウィルモット（一六四七～一六八〇）の影響を受けているのではないか、ということなのである。この文書を書いたのがフランス人なのかイギリス人なのか、あるいは全然別の国の人間なのかはわからないが、その人物がこの王政復古期のイギリス詩人を知っていた可能性は大いにある。王政復古期は十七世紀であるから、さすがに鳥瞰窟主人より新しいということはないだろう。

百聞は一見に如かずである。ウィルモットの全詩集（*The Complete Poems of John Wilmot, Earl of Rochester*, Yale Nota Bene, 2002）から、少々訳して引用しよう。


張形殿（抄）　　Signior Dildo

公爵夫人とお近づきになった
英国全土の淑女の皆様、

此間《こないだ》の夜会でご覧になりましたろうか、
伊太利《イタリー》亜貴族の張形《はりがた》殿を？

はじめはどうということのない紳士、
ありきたりな革外套に包まれて。
ところがその尊き資質を知るが早いか、
貴女もくずおれて張形殿を讃えまする。

天よ、サウセスク夫人を栄えしめよ！
彼女は彼に繻子《しゆす》を着せ、宮廷へと連れ来る。
ところが張形殿は謙虚な若者
なかなか頭角を現せませせぬ。

ファルマウス伯爵夫人についての噂、
従僕に一反金一両也のお召を着せるとか。
張形殿が色好みの雲助《くもすけ》と知っていたなら

倹約にもなったものを。

この勇士はまたハリスの毒牙から
レイフ伯爵夫人を救いも致した。
夫人があんまりきつく抱きしめるので
張形殿は枕の下でお陀仏しそう。

美徳のかがみ、クリーヴランド公爵夫人は、
波が砂を呑むよりも多くの一物を呑んで参った。
それが撫でて擦って大きくなって、
いまでは張形殿しか収まりませぬ。

いかがだろう、ド・ポワソンの紹介する無題の詩と、似たところが少なくないように思われるのだが……。ただしこちらは定型詩であり、原文では韻の踏み方も約束どおりで、鳥瞰窟主人がやってのけたような自由な音の遊びは見られない。また逆に、ウィルモットの詩は一流の諷刺であり、登場する人物はすべて実在か、明らかなモデルをもとに描かれ

ているが、そのような要素は鳥瞰窟主人の幻想的な作品には見られない。だがいずれにしても、全篇に汪溢《おういつ》するエロティシズムと、軽やかな諧謔《かいぎゃく》と文学的な荘厳さが溶け合ったような文体には、確かな共通点があるだろう。当代最高の詩人の一人に数えられ、活字になった最古のポルノグラフィーの作者とされるウィルモットと、浮き世の波を静かに漂い、無名のまま泡と消えた謎の戯作者《げさくしゃ》とのあいだに、いったいどれほどの径庭《けいてい》があるというのだろうか……。

僕の後記も不必要に長くなって来たのでもうおしまいにするが、一つだけお知らせしておくことがある。僕はド・ポワソンと鳥瞰窟主人への謝意を表する手段として、あの紙の束を、再び大英図書館の図鑑のなかへ戻しておいたのだ。ご興味がおありの向きは、一階人文科学閲覧室の、二一一二番の座席周辺をお探しになってみるとよいだろう。

おしっこエリザベス

風邪《かぜ》を引《ひ》いたエリザベスは、せっかくの休暇《きゅうか》だというのに、寝室《しんしつ》から出てはいけないよ、とお医者《いしゃ》に言われてしまいました。お父さんもお母さんも、それに家政婦《かせいふ》のボルトンさんもお医者の味方《みかた》だったので、エリザベスはもう三日もベッドの上にいるのです。

いつもなら休暇の三日間はま、ば、た、き、するあいだに過《す》ぎてしまうのに、ベッドの上ではそれは三年間にも感《かん》じられて、エリザベスは、自分はこのままおばあさんになってしまうのではないかと心配《しんぱい》になりました。

窓辺《まどべ》に遊《あそ》びに来る小鳥《ことり》たちとお話しするのにも厭《あ》きてしまいました。お気に入りの物語《ものがたり》も読《よ》み厭きてしまいました。お母さんが買って来てくれた好物《こうぶつ》の苺《いちご》のお菓子《かし》も食《た》べ厭きてしまいました。エリザベスは退屈《たいくつ》で退屈で、けれどもどうすることもできずに、ぼんやりと天井《てんじょう》を見上げていました。

するとエリザベスは、これまでちっとも気がつかなかった大きな節穴《ふしあな》が、天井のちょうど真中《まんなか》あたりに、ぽっかり空《あ》いているのを見つけました。この三日というもの、エリザベスは天井のあちらこちらにちらばった染《し》みや節穴にみんな星《ほし》の名前《なまえ》をつけて遊んでいたの

「ほらごらんなさい。この節穴からじゃ、わしの片目《かため》が見えるのがやっとです」

と輪っかの向う側《がわ》で片目をつぶって見せて、

「とてもじゃないが、わしの大きな顔は入りませんな」

と言って、ワッハッハと笑いました。

エリザベスはがっかりしました。

「じゃあやっぱり夢だったのかしら？」

「そうですとも。わしには小人《こびと》の親戚《しんせき》はいませんからな。さあ、早《はや》くベッドへ戻《もど》ってお休《やす》みなさい。ボルトンさんに見つかったら二人《ふたり》ともお目玉《めだま》をちょうだいしてしまう。元気《げんき》になったらとっときのシャムの王子《おうじ》の話をしてあげますから、さあ、お戻りなさい」

部屋へ戻ったエリザベスは、せっかく去《さ》った退屈がふたたび訪《おとず》れたことが残念《ざんねん》でなりませんでした。けれども風邪の治《なお》らないうちは何を言っても無駄《むだ》です。エリザベスはあきらめて、そのうち眠《ねむ》ってしまいました。

「お嬢さん、お嬢さん」

誰かが耳元《みみもと》でこう囁《ささや》くので、エリザベスは目を覚《さ》ましました。窓の外《そと》はすこし薄暗《うすぐら》くなっています。でも、自分を呼《よ》んだ声《こえ》の主《ぬし》は見当《みあ》たりません。

「お嬢さん、お嬢さん」

もう一度《いちど》、それも耳のすぐそばで聞《きこ》えたので、エリザベスはくすぐったくて首《くび》をひねりました。すると枕《まくら》の陰《かげ》に、自分の手くらいの大きさしかない小人が立っているではありませんか！

小人はネルの白シャツを着《き》て、茶色《ちゃいろ》の太《ふと》いズボンを、赤《あか》いズボン吊《つり》でとめています。そして顔は髯もじゃで、やっぱり博士にそっくりでした。

「あら、天井の節穴から覗いていたのはあなただったのね」

「そうです。驚《おどろ》かせてしまってごめんなさい」

「私に何かご用《よう》なの？」

「我々《われわれ》の国が大変《たいへん》なのです。一大事《いちだいじ》です。いまにも亡《ほろ》びてしまいそうなのです。そこで占《うらな》い師《し》が大地《だいち》の神《かみ》にお伺《うかが》いを立てたところ、あなたにお願《ねが》いすれば国は救《すく》われると出たのです」

「無理《むり》だわ、私が国を救うだなんて」

「いいえ、できますとも。あなたは我々に比《くら》べたらたいそう力持《ちからも》ちだし、それにすばらしく機転《きてん》のきくお方《かた》に違《ちが》いない」

エリザベスはこんなにおだてられたので、だいぶ気持《きもち》が大きくなりました。

「いいわ、お手伝《てつだ》いする。でも私、風邪ッ引きだから、力が出ないかもしれないことよ」

すると小人はポケットから小さな赤い丸薬《がんやく》を出しました。

「心配はいりません。我々の一族《いちぞく》は薬《くすり》の調合《ちょうごう》では右《みぎ》に出るものなしです。さあこれをお呑《の》みなさい」

それは見た目だけでなく、味《あじ》も飴玉《あめだま》のように甘《あま》い薬でした。ごくりと呑み込《こ》むと、エリザベスはすうっと体《からだ》が軽《かる》くなり、風邪のだるいのが吹《ふ》き飛《と》んでしまいました。しかも体はもっともっと軽くなって、エリザベスはついに宙《ちゅう》に浮《う》かび上がってしまったのです。

「あら、私、飛んでるわ！」

小人は心得《こころえ》たりと落《お》ち着《つ》きはらって、

「ちょっと失敬《しっけい》」

とエリザベスの胸《むね》の上に跳《と》び乗《の》りました。やがて天井すれすれのところまでやって来ると、小人は穴の向うへ大声で、

「おうい、お連《つ》れしたぞ」

と呼ばわりました。すると穴のなかからは、髯のあるのやないのや、ズボン吊のあるのやないのや、小人がぞろぞろ、あとからあとから。彼《かれ》らが穴から縄《なわ》を投《な》げると、胸の上の小人がそれを器用《きよう》にエリザベスの両腕《りょううで》にゆわえます。

「ねえ、まさか私、この節穴のなかへ入るの？　無理だわ！」

「いいえ、大丈夫《だいじょうぶ》ですとも。ちょいときついかもしれませんが辛棒《しんぼう》してくださいよ」

穴のなかの小人たちはホーイホーイと唄《うた》いながら、すこしずつ縄を引っぱりました。両腕がするりと穴を通《とお》ります。頭《あたま》はすこし引っかかりましたが、すぐにすぽんと抜《ぬ》けました。それから胴《どう》もなんとか通りました。ところがお尻《しり》は見事《みごと》に詰《つ》まってしまって、押《お》しても引いても動《うご》きません。

「まいったな、大きなお尻だ」

「なんて大きいんだ」

「ほとんど山だね」

穴の奥《おく》から口々《くちぐち》にこんな意見《いけん》が出ました。

「仕方《しかた》がない、ご勘弁《かんべん》願いますよ」

髯の小人はこう言うと、自分の命綱《いのちづな》にしていた縄を解《と》いて、宙ぶらりんになっているエリザベスのお尻やふとももを、まるで肉屋《にくや》にぶら下がっているやつみたいにぎちぎちに縛《しば》ってしまいました。

「いやいや、痛《いた》いわ痛いわ」

エリザベスは思わず泣《な》きそうになりましたが、小人たちがもう一声ホーイとやると、エリザベスの下半分《はんぶん》はひといきに穴のなかへ飛び込みました。

「どうも失礼《しつれい》しました、お嬢さん。我々の王国へようこそ」

エリザベスがようやく起《お》き上がると、百人《ひゃくにん》くらいの小人たちがお行儀《ぎょうぎ》よく頭を下げて挨拶《あいさつ》していました。彼らはそれぞれ手みじかに自己紹介《じこしょうかい》を始めましたが、髯があったりなかったり、ズボン吊があったりなかったり、というほかはひどく似《に》ていたので、エリザベスは一人ずつの名前を覚《おぼ》えるのはあきらめました。

辺《あた》りを見回《みまわ》すと、そこはとても天井の節穴の向う側とは思えませんでした。緑《みどり》の小道《こみち》が延《の》びて行く先には箱庭《はこにわ》のような可愛《かわい》らしい町《まち》があり、その中心《ちゅうしん》にはエリザベスのお気に入りの人形《にんぎょう》の家よりもずっと大きなお城《しろ》があります。しかし、お城と城下町《じょうかまち》はさびしげな雲《くも》におおわれて、まるで活気《かっき》がありませんでした。

「何だか薄暗いことね」

エリザベスが感想《かんそう》を述《の》べると、六十九人目まで進《すす》んでいた自己紹介はとつぜん中断《ちゅうだん》され、一人の小人が進み出ました。彼は最初《さいしょ》に会った小人にそっくりでしたが、もう見分《みわ》けがつきません。

「そうなのです。これもすべて洞窟《どうくつ》の魔女《まじょ》のせいなのです。魔女の呪《のろ》いで、我々の王と王《おう》妃《ひ》は氷《こおり》に閉《と》じ込められてしまうし、田畑《たはた》の作物《さくもつ》も皆《みな》だめになってしまいました。もう大勢《おおぜい》が飢《う》え死《じ》にしているのです」

べつの小人が続《つづ》けます。

「そこで占い師が必死《ひっし》で祈《いの》りを捧《ささ》げると、大地の神の白羽《しらは》の矢《や》が、あなたに当たったというわけです」

エリザベスは恐《おそ》ろしい魔女の話を聞いて、困った顔になりました。

「私にできるかしら」

「きっとできますとも。とにかくこちらへ」

小人たちはぞろぞろ歩《ある》きだしましたが、エリザベスはほんの五、六歩《ぽ》で目的地《もくてきち》へ着きました。そこには二本の氷の柱《はしら》があって、一本には小さな王様《おうさま》が、一本にはやはり小さなお妃《きさき》が閉じ込められ、凍《こお》りついていました。それを見ると小人たちはしくしく泣きだして、

「おお、このおいたわしい姿《すがた》をごらんください。私たちはどうすればよいのだか」

エリザベスはしばらく考《かんが》え込んでいましたが、やがて快活《かいかつ》に、

「泣いてはだめよ。私、いいことを思いついてよ。すこし、あっちを向いていてちょうだいな」

小人たちは皆、くるりと背《せ》を向けました。エリザベスは着物《きもの》をまくって、氷の柱におしっこをかけました。すると氷はたちどころに溶《と》けて、王と王妃が現《あらわ》れたのです。

「いや、お嬢さん、ありがとう」

王様は言いながら、隣《となり》のお妃に向かって小さな声で、

「ぺっぺっ、しかし、ひどい臭《にお》いだ！」

小人たちはもう大喜《おおよろこ》びです。早くも「エリザベス万歳《ばんざい》！」とさけぶ者《もの》もありました。しかし王様はあらたまって、

「いやまだ早い。お嬢さん、あなたにはお礼《れい》のしようもありません。しかし魔女を退治《たいじ》するまで、安心《あんしん》はできないのです。恥《は》ずかしながら魔女の力には私もかなわない。あいつをやっつけてしまわなければ、せっかくのあなたの好意《こうい》もむだになってしまいます」

「でも私、魔女をやっつけるなんてできるかしら」

王様は自信《じしん》たっぷりに笑いました。

「そのことならご心配はいりません。いまの力を使《つか》えばよいのです」

魔女をやっつけるための準備《じゅんび》が始まりました。小人たちは大急《おおいそ》ぎで、エリザベスが乗れるほどの大きな荷車《にぐるま》をこしらえました。底《そこ》を二重《にじゅう》にして、そこに小人たちが隠れられるように細工《さいく》がしてありました。

そのあいだに、エリザベスは森《もり》の泉《いずみ》に案内《あんない》されました。一口飲《の》んでみると、すこし甘くて、非常《ひじょう》においしい水で、エリザベスはみるみるうちに泉をすっかり飲み干《ほ》してしまったのです。

水をたらふく飲んだエリザベスを乗せた荷車は、二十人の力自慢《じまん》の小人たちに引かれて行きました。洞窟の入口に着くと、番《ばん》をしていた魔女の手下《てした》の怪物《かいぶつ》が、

「何の用だ！」

と怒鳴《どな》りました。荷車を引いていた小人たちは殊勝《しゅしょう》にしおれて、

「あなた方の女王様に貢物《みつぎもの》をお持ちしたのです。こんなに大きくておいしそうな娘《むすめ》は、ごらんになったこともありますまい」

怪物は自分よりもずっと大きな、気を失《うしな》ったふりをしている可愛らしい女の子をしばらく眺《なが》めると、舌《した》なめずりをして、

「入れ！」

と小人たちを案内しました。

醜《みにく》い魔女もこの貢物がすぐにお気に召《め》したようでした。

「よしよし、やっとわしの恐ろしさがわかったかえ」

と言って、手下どもに食卓《しょくたく》の支《し》度《たく》を命《めい》じました。

大きなお酒《さけ》の甕《かめ》や、たくさんの果物《くだもの》などが用意《ようい》され、いよいよ魔物《まもの》たちはエリザベスを食べてやろうと肉刀《ナイフ》に手をかけました。

そのとき、

「ああ、もう我慢《がまん》ができないわ！」

エリザベスはむっくり起き上がると、あわてふためく魔物たちを尻目《しりめ》に、洞窟の入口まで四《よ》つん這《ば》いになって進みました。荷車の底からそれっと飛び出した小人たちも大急ぎで外へ走《はし》ります。

エリザベスはお尻だけを洞窟のなかへ入れて、たまりにたまったおしっこをひといきに出しました。それはもう、ものすごい量《りょう》で、洞窟はあっという間《ま》に大洪水《だいこうずい》。手下どもは全《ぜん》員《いん》、溺《おぼ》れ死《し》んでしまいました。

「よくも騙《だま》したね！」

魔女は怪魚《かいぎょ》に姿を変《か》えて、おしっこのなかを泳《およ》いで逃《に》げようとしましたが、洞窟の入口で待ち受《う》けていた小人たちに捕《つか》まって、お酒の甕のなかへ放《ほう》り込まれました。怪魚は酔《よ》っ払《ぱら》って、我を忘《わす》れて甕から跳《は》ね出すと、息《いき》が詰まってぴちぴち踊《おど》り狂《くる》い、そこを小人たちに八《や》つ裂《ざ》きにされて死んだのです。

こうして王国には平和《へいわ》が戻りました。皆は総出《そうで》でエリザベスのために、火酒《ブランデー》のたっぷり入った大きなお菓子を焼《や》いてくれました。エリザベスはもうお腹《なか》がいっぱい。それに火酒のおかげですっかりぽかぽかといい気持です。

「私たちはこれから畑仕事《はたけしごと》に精《せい》を出して、豊《ゆた》かな暮《くら》しを取《と》り戻します。ご恩《おん》は忘れません。

エリザベス万歳！」

王様がこう言うと、小人たちもそれに続きました。しかしエリザベスが、

「いいえ、まだ早いわ」

と言ったので、誰もが目を丸《まる》くしました。

「一度だめになってしまった畑では、なかなか作物が育《そだ》たないのよ。たくさんの肥料《ひりょう》をやらなくっちゃ」

エリザベスは人間《にんげん》の出すものが肥料になることを、ベリニウス博士から教《おそ》わっていたのでした。さっそくエリザベスが畑にまたがってすべてをすっきり出してしまうと、畑の土《つち》からは早くも芽《め》が吹き出しました。

「エリザベス万歳！　エリザベス万歳！」

喝采《かっさい》はさらに大きくなって、国中《くにじゅう》に歓《よろこ》びの声が響《ひび》き渡《わた》りました。

「エリザベスさん、エリザベスさん」

目を開《ひら》くと、ボルトンさんが怒《おこ》ったような顔で立っています。そう、そこは自分の寝室でした。エリザベスは、あれは夢だったのかとがっかりしました。

「エリザベスさん、ちゃんと大人《おとな》しく寝《ね》ていたのですか？」

とボルトンさんは尋《たず》ねました。

「なんだか膝小僧《ひざこぞう》の辺りが汚《よご》れているし、お口のまわりにべたべたしたものがたくさんついていますよ。熱《ねつ》は下がっているようだけど」

ああ、やっぱり夢ではなかったのです。エリザベスはにっこり笑って、

「知らない、知らない」

と答《こた》えました。そしてこの冒険《ぼうけん》をいつものお返《かえ》しに、ベリニウス博士に話してあげようと思いました。しかしどうしたことでしょう、ベリニウス博士は、屋根裏部屋からすっかり姿を消《け》してしまっていたのです。

塔のある街

帰国の日が近づいていた。近頃は先月までのように雨も降らず、暖かくなっても、日本にいるときのように花粉症に苦しめられることはなかった。

この滞在が僕を変えなかったことは驚くばかりだ。旅は人を高揚させるものであると思われがちで、シェイクスピアも、百万の仮面の一つを被《かぶ》ったときにそう言っている。ところが僕にとってのロンドン滞在は、旅というよりも湯治らしいのだ。温泉の効能はいまいちわからないけれど、とりあえず逆上《のぼ》せるということはなかった。

部屋の様子もちっとも変わらなかった。蚤の市でイタリア人のお婆さんから買ったタイプライターと、何冊かの本が増えただけだ。自慢でもないが整理整頓は持病のようなものなので、生活の滲むような汚れもない。ここで僕は孤独を楽しんだ。

まだしもの変化と言えば、居間の電灯が片方ではなく、両方とも暗いということくらいだろう。どういうことかというと、こうなのだ。

大家はその後も口先ばかりで、いつまで経っても修理工は来なかった。いや、もっと悪い。来たのに何もしなかったのだ。

「わっしがジョージです」

約束より八ヶ月おくれで、彼は大家に派遣されて来た。

ロンドンには、東京からはとうに姿を消してしまった江戸っ子が相変わらず生息している。たとえば郵便配達夫が郵便受けにことりと郵便をさしこんで発する裏声まじりの「郵便！」という挨拶や、チューブに駆け込み乗車した客に対する車掌の「あんた、これで遅延でもしたらそのほうがよっぽど効率が悪いだろうに、わかりそうなもんだがな」という警告にもその気質は表れている。職業に対する自負と言おうか、職人肌と言おうか、とにかく営みに没入して、他人なんぞに口出しされて堪るか、という意気地《いきじ》に満ちているのだ。

けれど江戸っ子を面白いと思えるのはあくまで岡目八目で観察している場合であって、実際に掛り合いになるのはとくだん有難い話ではない。田舎者は江戸っ子を美化しがちだが、けっきょく江戸っ子の最たるものは下町の人間で、やはり田舎者に過ぎない。九割九分まで、巻き舌で管《くだ》を巻くだけの役立たずである。それに、あの粋という美点も、湮滅《いんめつ》して久しい。

「何を見ましょう？」

この通り、ジョージは自分が何をしに来たのかもわかっていないのだ。

「電灯だよ、居間の。ああ、靴を脱いでもらえますか」

「いや、兄弟、そいつはできねえ」

ジョージにしてみれば靴を脱ぐのは寝るときだけだから、いま脱げば襲われても文句は言えないというわけである。こうして僕には何の権限もないことが瞬時に裏書きされた。しかもジョージはちらっと壊れた電灯を見上げると、すぐに興味を失ったように窓の外など眺めはじめたので、僕は覗き込むようにして恭《うやうや》しく尋ねなければならなかった。

「どうだい、直りそうかい」

「直るも何も、十分で終わりますさあ。こいつはずいぶん古いし、熱で線が焼けたんだ。それで、わっしにどうしてもらいてえんで？」

僕は英語が話せなくなったのかと思った。あるいはジョージが意地悪で、僕の英語がわからないふりをしだしたのかと思った。相手がただのわからず屋でも、ひょっとすると自分に非があるのではないかとためらってしまうのが外国人の弱みである。もっとも、自分に非があるなどとは死んでも認めない移民たちがこの国を支えていることを思えば、それは単に僕の弱みであり、強いて敷衍《ふえん》するなら、江戸っ子ならぬ東京人の弱みだろうか。

「それは——直してほしいんだよ」

するとジョージはなんとも意外そうな顔で、

「それじゃ、大家に電話してくだせえ」

どうして、と尋ねるまでもなく、彼は江戸っ子の面目躍如として、顔を赤くしてべらべらやりだした。

「わっしは見て来いと言われただけです。ほかのことは何も言われてねえんだ。だいたいなんです、わっしはウィンブルドンくんだりで仕事をしているところをわざわざ呼び出されて、ガソリンは自腹だ。それでこんなちんけな修理なんざ――二十ポンドで済むさね。近所の奴にやらせればいいことだ。すぐ終わる。それをなんでわざわざわっしを呼び出すか。それはあの大家の野郎、ねえ、へっへ、――これだ」

とジョージはペンキだらけの人差指と中指を並べて、そこへ親指の腹をこすり合わせた。金に汚いという意味である。

僕は不覚にも愛想笑いをした。これまた、いかにも煮え切らぬ東京人のなよなよしたふるまいかもしれないが、実際、彼が大家を非難してくれたことが頼もしく感じられたのだ。これがジョージの図々しさに拍車をかけた。

「さあ、電話して、こう言ってくだせえ。修理工が来て、準備万端、整ってはいるが、あんたがやれと言わなきゃ仕事が始められねえから、そう指図してくれろって」

逆らう気力もなかった。そして電話をかけると、わかっていたことだが、大家は出なかった。振り返ると、ジョージはかんかんになっている。

「出やがらねえかい」

「出ないね」

「畜生！　とんだ馬鹿野郎だ！　だって電話だろう。出なかったら電話の意味がねえや。わざわざ人を呼びつけて、いざ仕事をしようとなると指図もしねえ。いやね、わっしだって直して帰りたいんでさあ。でもねえ、これまでずいぶん只働きをさせられたんでねえ。わっしがこのまま修理をして帰ってごらんなさい。明日、あいつはこう言うんだ。金を払え？　だってそんなことは頼んでないよ、ってね！」

　それからジョージが帰るまで、僕はうんとかああとか以外のことは言わなかった。ジョージはドアが閉まるそのときまでひっきりなし、のべつ幕なしにしゃべり続けた。

「さてね、わっしも電話が来るまで薄ぼんやりと待ってるわけにもいくめえし、ごめんくださいよ。まったくあいつは悪夢だね。馬鹿だよ。ここいらの職人にやらせればね。え、まあ仕方がねえ。ときにどうですこの家は？　ここいらの治安は？　悪くない？　そうですか。とにかくまあ、わっしは帰りますけどね、まさか、ここから車に戻るまでのあいだに折り返して来やしないでしょうね、電話は。まあ五分くらいはまだそこいらにいるかもしれませんがね。なんだ、まず無理でしょう。馬鹿だもの。とにかく、へえ、どうも、ごめんくださいまし」

半日かかって、僕は自分が大家とジョージ双方の被害者であることに気づいた。そして翌朝、さらなる悲劇が襲った。もう片方の電灯、夜を照らしていた唯一の電灯が、力尽きたのだ。僕は冷静を装った。椅子に昇り、切れた電球を外そうとした。ところが外れない。前にはこんなことはなかった。指先に力を込める。森で樹の裂けるような、めきめきという不穏な音がする。かといって力を緩めたのでは、僕は今夜から暗がりで生活を送らなければならない。

我慢の限界だった。このフラットには寝室もあって、そこは充分に明るい。だから僕は居間の電灯の修理を催促せずにこれほど永い時間を過ごしたのだ。それに、もちろん面倒だったし、ぎくしゃくすることも望まなかった。もしその気になっていたら、ジョージを斡旋してもらうまでもなく、独断で業者を呼んでもよかった。請求書は大家にまわせばよい。なんと言われても、大家にその責任があることは契約書に明記してある――契約書そのものが無効でなければ。

暗室のような孤独のなかで凝縮されたものが、実体を伴って殻を突き破ろうとしていた。僕は孤独を楽しんだ。ロンドンにいる知人の誰にも自分の渡英を知らせなかったし、到着後も連絡を取りはしなかった。小遣い稼ぎのために何人かの在英の日本人に家庭教師をしているときも、僕は決して事務的な態度を崩さなかった。あの友人とさえ、二度しか会っていない。ロンドンは、誰にも邪魔されずに生活する貴重な機会を与えてくれるはずだった。僕は漱石のように劣等感に苛まれる必要はなかった。むしろ如是閑のように超然としていることができた。ところが憧れていたはずの孤独に、どうやら蝕まれているのだ。ロンドンは孤独の学校なのだろうか。無試験で、授業料は希望で払う。希望の泉は枯れかけていた。痛みもなく、悲しみもなく、ただ怒りがある。居間の電灯の意地悪が、孤独を怒らせたのだ。

　要するに癇癪を起こして、僕は力任せをやった。すると電球は根元から剥がれた。深い穴から赤茶に錆びた銅線が酔払いみたいに飛び出して、いったい何の破片だかわからないけれど、とにかくいろいろな破片が床に散らばった。

「おいおい、いったい何事だ?」
破片を掃いているところへ、あの友人が突然やって来た。噂をすれば、というやつだろうか。
「どうってことないさ、電球が割れたんだよ」

居間へ通して、最後の破片を掻き集めながら答えた。ちらっと見ると、柄にもなく背広を着ているのに気がついた。ロンドンで背広を着ているのは金融街の住人か、日本人くらいのものだ。

「その恰好は？」

「就職した」

ひどく耳慣れない言葉だった。就職は、いまの僕にはまったく閉ざされた選択だった。働いて、眠って、また働く、という生活を送るのに、まさかこの街を選ぶなんて！

「いったい、どういう風の吹き回しで？」

「だっておまえ、おれだって大学も出たし、日本じゃいまさら就職しようたって面倒だよ。それにこっちの好景気じゃ、給料も倍だぜ」

「どこだ、旅行社？」

「ご名答。だって現地の会社はおれの英語じゃ無理だ」

それから彼は、髪が乱れて髯《ひげ》も伸びた僕を上から下まで見て、

「おまえさんは就職なんてしそうもないね。どうするんだ、これから？」

背広を着ていることはそれだけで彼を僕から遠ざけていたが、そのうえ彼が定職に就き、しかもその判断に過剰な自信を持っていそうなことが、決定的に僕たちのあいだに溝をつ

くったように思われた。

「僕は帰るさ。いろいろ読みたいものもあるしね。イギリスで出版された本を日本で買うほうが安いなんて変な話だ。それに風呂と便所が一緒になっている生活はやっぱり合わないね」

そんなことを言うなら海外に出るべきでないことくらい、さすがの僕もちゃんと知っていた。急にまじめになってしまったらしい彼に、当てこすりを言ってやらなければ気がすまなかったのだ。だが失敗だった。急にまじめになった人間には、当てこすりが通じないこともある。まだ馴染まないまじめさにがんじがらめになって、ろくに身動きがとれないのだ。

「どうやって暮すんだ。親の年金で食うのか?」

また癇癪玉が弾けそうになった。

「さあね。でも先月、翻訳をやったよ。三週間たっぷりかかったが百万になった。それに就職なんて、その気になればいつでもできるんじゃないかな。それが今年だろうと三年後だろうと、十年も経ってみれば何の違いもない」

もっと強がりを言うこともできた。さすがに悲しくなって、やめにした。強がるためなら矛盾を意に介しないような、そんな人間を見すぎていたし、そんな人間を(少なくとも心のなかでは）さんざん罵倒してきていたのに、いまさら同じになるのは耐えられなかったのだ。

「そうか、まあ好きにすればいいさ。おれは報告に来ただけだ。それで、何か書いたのか？」

彼がすこしでも僕の気持を汲んでくれたことは救いだった。

「いろいろ書いたさ。この一年について」

僕は気を取り直して、机の上の手帳やら紙の束やらを顎で指した。雄弁な彼は僕と違って文字を読むのも速かった。だから僕が洗面所で歯を磨き、ごみを捨てに下へ降りて、戻り、無料新聞にちらちら目を通して、小さな女の子を赤い飴玉で誘って悪戯をやったという外国人の記事を読み終える頃には、彼はもう手帳やら紙の束やらから顔を上げていた。

「なんだ、おれのことまで書いてあるじゃないか」

「そう？」

「だいたい、塔のない街って何だ？」

「そりゃ、この街だよ。ロンドンさ」

「ロンドン？　塔ならいくらでもあるじゃないか。ロンドン塔はどうなんだ？　天守閣のホワイト・タワーなんて九百年もまえからある。漱石が『倫敦塔』って小説を書いたことくらい、おれでも知ってるぜ」

「いや、そういう問題ではなく――」

「タワー・ブリッジから生えてる二本のあれは塔じゃないのか？　ビッグ・ベンは塔じゃないのか？　腐るほどある教会の尖塔は？　それにもっと新しい塔はどうなんだ？　ロンドンで一番高いカナダ・タワーだって、立派な硝子の塔だろう？　いまはテート・モダンになっている、あのバンクサイド発電所の煙突なんかは？　あれは九十九メートルもあるんだぜ！　たしか自殺の名所だろう？」

先ほどの僕の態度に仕返しをしようというのか、彼は畳みかけるように問いつめた。事柄を克明に記憶して澱みなく再生することに長けた彼は、そうだ旅行社で働くには理想的な資質の持主なのだと、僕はいまさら感心してしまった。どうして就職と聞いて、素直に彼の前途を祝ってやれなかったのだろう。僕はいよいよ惨めになった。だんまりを決め込んでしまおうか。だがまじめな雄弁家はしつこいから、その手は通用しないだろう。何か言わなければならない。

「フランスの哲学者が書いた、有名な本があるんだ。それはエッフェル塔についての本で、いかに塔がパリの絶対的な中心として存在させられているか、ということを考える内容なんだよ。いままでそんなものは影も形もなかったのに、十九世紀末になっていきなりぶっ立てられて、パリにいればどこからでも見えるその鉄塔が、街の象徴ということになった。それは必ずしも歓迎すべきことじゃない、そうだろう？　ロンドンにはそういう意味での塔はない。君が言ったように塔はたくさんあるけど、ただ一つの塔はない。――塔というのは危険なものなんだ。自殺の名所だから、ということをべつにしてもね。それに漱石だって、たしか『倫敦塔』のなかで、ロンドン塔を見るのは一度でたくさんだと言っていたんじゃないかな。塔は何か近づきがたいものなんだよ。でも、それはいつもそこにある」

これで精一杯だったので、それきり口を閉ざした。

「それで？」

「いや、それだけだよ」

すると彼はうまいこと黙ってくれたが、さすがに僕のほうが気まずくなるくらい、微動だにせず沈黙を引きずるのだった。それから、諦めたように言った。

「おれはやっぱり現実が好きなんだ。だからさっさと仕事を見つけて働くんだろう。おれはこないだまで東京の学生だったのに、これからロンドンで勤め人になろうとしている。おまえには何てことない話かもしれないが、おれには面白いね。――ところでおまえ、ちょっと疲れてるんじゃないのか？　もうすぐ帰るんだろうが、無理をしないほうがいいよ」

彼は返事も待たずにドアノブに手をかけた。唐突な優しさが腑に落ちなかった。

「まだいいじゃないか。もう当分、会えないだろうし、もうすこし――」

「いや、いいんだ」もう優しさはなかった。「今日ここへ来たのは、おまえの叔父さんから電話で頼まれたからだ。大丈夫なのか？　帰るに帰れないとか、そういう事情なら、たとえば――大使館へでも行ってみるか？　付き添ってもいいんだぞ」

友人の口調は、偽善者のそれだった。彼は雄弁家などではなかったのだ。

玄関の横にはキッチンがあり、木製の包丁立てが屹立していた。三本で七ポンド五十八ペンス。包丁にあるのは自殺願望ではない。


僕の塔は、街のどこからでもよく見えた。僕は皿を洗ったり、留学生に英語を教えたり、居間の電球の具合をたしかめたり、薬局へいったり、フィフティー・ピー・ショップへいってガムテープや括り紐やゴミ袋を買ったり、とにかく何をしていても、塔のことを考えるようになった。それを自覚したとき、僕は一刻も早く出発しようと決めた。

塔のない街であったはずのロンドンに、いつまでも塔を立てっぱなしにしておくわけにはいかなかった。この街にもずいぶん永くいた気がする。場所を変えて新たな仕事をするということが、僕にはもうすこし続けられそうだった。それに、正直に言えば、どんなにてきぱきと家事をこなすふりをしたところで、所詮は不慣れでものぐさだから、そろそろ部屋中に妙な臭いが立ち込めるようになっていたのだ。

僕は荷物をまとめた。用途を細かく規定しすぎたせいで十冊近くになっていた手帳と、古本屋で買った何冊かの本だけで、馬鹿馬鹿しいことに旅行鞄は一杯になった。衣服とタイプライターは、業者を呼んで空輸してもらうことにした。わずかな食器が残ったので、家庭教師の生徒にすこし売りつけ、あとはチャリティーに寄付した。

忘れ物がないかどうか、台所の戸棚、寝室の箪笥をすべて検《あらた》め、念のため物置も開けてみた。そこはがらんとしていて、壁の向うからときおり些細な、遠慮がちなノックが響いてきた。それはガス管か何かの共鳴に違いなかったが、それでも½部屋の相棒には親しみを覚えていたので、さようならの意味を込めてノックを返した。孤独な仕草と言われればそれまでだが、僕はむしろ満たされていた。もう一つの½部屋にいるのはもう一人の僕で、そいつは恋人と二人で愉快に暮していて、僕を慰めるために敢えてノックを送ってくれているのかもしれないのだ。

手早く大家に置き手紙を書くと、重い鞄を引きずって部屋を出た。

前略大家様、

突然ですが、僕はこれにてお暇《いとま》します。あなたはいま家賃をわざわざ取りに来て(それというのも僕には正式な住所がないので、銀行口座を開けないからなのですが)、この書置きと、部屋の鍵とをごらんになっているでしょう。鍵をかけないで出たのはちょっと物騒でしたが、あいにく僕には部屋の外から鍵を使わずに鍵をかけるという特技はないので、どうかご容赦ください。

さて、なぜこのような失礼な形でさようならのご挨拶を述べているのかというと、それは当然ながら、今月の家賃を払わずにすませるためなのです。

僕にはその権利があります。僕が週二百十ポンドの家賃を払うのは、その部屋で本来享受できるはずであるところの快適さに対してです。ところがとうとうこの日まで、剝がれた壁も、水漏れも、壊れた電灯もそのままです。敢えて説明はしませんが、電灯がさらにもう一つ壊れたのも、まったくもってあなたのせいなのです。ここのところ日が長くなったから良いものの、冬であったら僕は蠟燭で暮さなければなりませんでした。ですから、実際、この部屋には週二百十ポンドの価値はないわけです。僕がこの一年ほどで払いすぎた額を考えると、一月分を負けていただいても、全然得をした気分にはなりません。

そうして、残念ながら、あなたにはこの九百十ポンド（二百十ポンド×五十二週÷十二ヶ月）と今月分の光熱費を取り戻すことは不可能です。次の店子を入れるまえに清掃も必要になるでしょうが、その分もどうぞご負担ください。もしあなたが出るところへ出たら、いくらのんびりした役所でも、僕が住んでいたという物件が存在しないことに気づき、あなたの不正が明るみに出るでしょう。一月の家賃を滞納するよりも、公営の団地を届出もなしに改造して利益をあげることのほうが、どれだけ重い罪になるでしょうか。

いや、実のところ、僕はあなたがそんな大それたことをしたとは、いまもって信じられずにいるのです。でもお互い、言いっこなしにしましょう。あなたが僕の入居を届けなかったのは事実ですし、何かと後ろめたいところがあるのだろうということは、黙っていてもわかります。おかげで自治体税が浮いたのですから、感謝しています。どうぞあの腰の悪いお仲間に、千ポンド分よけいに首飾りを作らせながら、お隣の、もう一人の½部屋の住人に、存分に僕の悪口を言ってください。本当にそんなひとがいて、まだ息があれば、ですが。

これは僕の初めての一人暮しなので、あなたは僕の生涯最初の大家です。それがあなたのような方で、幸運でした。さようなら。またいつかお会いすることがあったら、あなたの首や腕にある古傷の原因をお尋ねしようと思います。きっと独創的な説明をしてくださるでしょう。僕も先日、不覚にも怪我をしてしまったので、独創的な言訳をする技術というものに、とても興味があるのです。それでは、お元気で。

匆々

大野露井　おおの・ろせい

一九八三年生まれ。訳書にジャック・ダデルスワル＝フェルサン『リリアン卿――黒弥撒』、コルヴォー男爵『教皇ハドリアヌス七世』（以上、国書刊行会）、モーリス・サックス『魔宴』、チェンティグローリア公爵『僕は美しいひとを食べた』（以上、彩流社）がある。

塔のない街

二〇二四年二月一八日　初版印刷
二〇二四年二月二八日　初版発行

著者　大野露井
発行者　小野寺優
発行所　株式会社河出書房新社
〒一五一－〇〇五一　東京都渋谷区千駄ヶ谷二－三二－二
電話〇三－三四〇四－一二〇一〔営業〕
〇三－三四〇四－八六一一〔編集〕
https://www.kawade.co.jp/
組版　KAWADE DTP WORKS
印刷　株式会社暁印刷
製本　小泉製本株式会社
Printed in Japan　ISBN978-4-309-03170-5

河出書房新社の本

テーゲベックのきれいな香り

山﨑修平

西暦2028年・東京。
その地で「わたし」は「わたし」を語り出す――
いま、気鋭の詩人が挑む、小説という「自由」。
恐るべきデビュー小説の誕生。

河出書房新社の本

夢分けの船

津原泰水

映画音楽の勉強のため四国から上京してきた修文。
幽霊が出ると噂される風月荘704号室を舞台に、
「音楽」という夢の船に乗り合わせた人が奏でる、
著者最後の青春小説。

河出書房新社の本

日々のきのこ

高原英理

「まるまるとした茶色いものたちが一面に出ていて、
季節だなと思う。どれもきのこである」
奇才が贈る新たなる「きのこ文学」の傑作、誕生。